KB042980

monster link

몬스터 링크 2

초판 1쇄 인쇄일 2015년 5월 20일 ㅣ **초판 1쇄 발행일** 2015년 5월 22일

지은이 철 민 ㅣ **펴낸이** 곽중열 ㅣ **담당편집 팀장** 이범수
편집부 신연제 이윤아 김호성 김은경

펴낸곳 (주)조은세상 ㅣ 출판등록 제 2002-23호
주소 경기도 연천군 미산면 청정로 1355
TEL 편집부 02)587-2966 ㅣ FAX 02)587-2922
e-mail bukdu@comics21c.co.kr

ⓒ철 민 2015
ISBN 979-11-5832-072-0 ㅣ ISBN 979-11-5832-070-6(set) ㅣ 값 8,000원

몬스터 링크

철민詰敏 판타지 장편소설

NEO FANTASY STORY

monster link

북두
(도)좋은세상

CONTENTS

NEO FANTASY STORY

monster link

monster link

몬스터 링크

제왕의 둥지

NEO FANTASY STORY

제왕의 둥지
monster link

펜릴은 후방부대의 맨 앞에 섰다.

짙은 안개속에서도 불구하고 마치 안개 곳곳에 눈이라도 달린 냥, 거침없이 움직였다. 위치를 유추했으니 흔적을 찾을 필요는 없다. 오히려 그들은 말과 인간의 발걸음으로 좁은 길목만 있어도 움직일 수 있지만 이곳은 마차까지 끼고 있다.

펜릴은 마차가 지나갈 수 있는 폭까지 계산해야 한다.

그러다보니 강가까지는 다소 돌아갈 수밖에 없었다.

하지만, 펜릴의 임무는 이 그룹이 안전하게 이동하는 것.

펜릴은 그렇게 움직이면서 곳곳에 흔적들을 남겼다.

뒤에 남은 길잡이들과 기사들이 만약에 이 흔적들을 본다면 돌아올 수 있게 말이다.

시간이 지나자 안개가 걷히고 강이 보이기 시작했다. 그 강가에는 사라졌던 전방부대가 있었다.

"도착했다!"

누구나 할 것 없이 사람들이 환호를 했다. 물론, 큰소리를 내지는 않았지만 표정만 봐도 그간의 마음고생이 상당했음을 알 수 있었다.

그때, 강가 주위에 있던 전방 부대 중 한 명이 급히 이쪽으로 다가왔다.

"왜 이제야 오는 거요!"

카를로스는 격앙된 목소리로 오르도를 나무랐다.

오르도는 차분한 목소리로 물었다.

"어디서 목소리를 높이는 거요, 남작?"

"당신들 때문에 형님이 다 죽게 생겼소! 의사! 의사는 어디있소!"

카를로스는 대열을 흩뜨리고 의사의 손목을 낚아챘다.

"빨리 따라오너라!"

마중이라도 나온 줄 알았던 카를로스의 반응이 심상치가 않다.

오르도는 바스티안에게 일렀다.

"전방부대와 합류해서 경계태세를 취하고 길드장은 짐

꾼들에게 휴식을 허락해라."

"예, 자작님."

"예, 주군."

오르도는 말에서 내려 강가쪽으로 이동했다.

"형님이 물을 마시고 이렇게 되셨다. 빨리, 빨리 진찰하 거라."

카를로스의 닦달에 의사는 급히 네로의 옷을 전부 벗겼 다.

기사들이 천을 가지고 와 지켜보지 못하게 주변을 가렸 다.

네로는 얼굴은 물론이고 몸까지 모두 검게 변해버렸다.

"정확한 병명은 알 수 없지만 독에 중독된 것은 확실해 보입니다."

의사에 진찰에 카를로스가 물었다.

"그래서? 나을 수는 있는 거냐?"

"경과를 지켜봐야 알겠지만, 시중에서는 보기 힘든 독 입니다. 검은숲에만 있는 독특한 독인 것 같습니다. 적어 도 어떤 독인지만 정확히 안다면……."

의사는 침착하게 말했다.

그가 길드 소속이기는 해도 귀족들이 화가 났을 때는 단 숨에 목이 달아난다. 길드장도 그의 목숨을 지켜줄 수는 없다.

다행히 카를로스는 의사의 무능을 탓하진 않았다.

"그래? 통역과 이민족 길잡이를 데려와라, 어서!"

"예."

안절부절하고 있던 클라인이 서둘러 남자 둘을 데려왔다.

"형님이 어떻게 되신 건지 정확하게 대답하라!"

통역이 길잡이와 대화를 주고받았다.

"검은숲에는 물속에 사는 마수가 존재한답니다. 그 마수는 영역에 들어온 마수들을 제거하기 위해 투명한 독을 푸는데, 그걸 마시게 되면 꼼짝없이 며칠을 시름시름 앓다가 죽는답니다."

"그럼, 이대로 형님이 죽는단 말이냐? 아이고, 형님! 형님이 돌아가시면 큰아버지 얼굴을 제가 봅니까!"

카를로스는 주저앉아서 네로의 가슴에 자기 얼굴을 묻었다.

상황을 지켜보던 오르도가 통역에게 물었다.

"해독제는 있냐고 물어 보거라."

"예."

잠시 후, 통역이 다시 입을 열었다.

"바, 방법이 딱 하나 있사온데……."

"그런데?"

"불사의 초가 있는 거리와는 방향이 달라서 한참을 돌아가야 한답니다."

여정이 길어진다는 얘기다. 그만큼 위험에 노출되는 시간도 늘어난다. 검은숲에 있는 것만으로도 원정대는 스트레스를 앓고 있다.

"가야지! 형님이 살 수 있는 방법이 있으면 가야 한다."

카를로스가 벌떡 일어났다.

오르도가 그런 카를로스를 만류했다.

"기다리시오. 고작 한 명 때문에 원정대를 위험에 노출시킬 수는 없소."

"고작 한 명이라니! 자작께서는 형님이 어떤 분 인줄 잘 아시면서 그런 얘기를 하는 거요? 형님이 죽는다면, 자작도 돌아가서 공작님의 얼굴을 볼 낯이 없을 거요."

단순히 체면이 구기는 일로 끝나는 게 아니다.

황제의 그늘이 있다고 해도 공작의 힘은 엄청나다. 그늘을 벗어나는 순간, 오르도는 공작의 손아귀에서 벗어날 수 없다.

오르도는 순간 분노가 치밀었지만, 감정을 노출시키지는 않았다.

"이민족 길잡이들은 한 명이 아니오."

"그게 무슨 얘기요?"

"다수가 움직이면 움직일수록 위험하다는 얘기요. 병력을 나눠 이민족 길잡이 한 명과 함께 해독초를 구해오시오. 나는 다른 길잡이들과 함께 불사의 초를 찾으러 가겠소."

카를로스는 오르도의 얘기를 듣고는 곰곰이 생각하더니 웬일로 찬성을 했다.

　"좋소. 그렇게 합시다. 난 기사들과 함께 형님의 해독초를 구하러 가겠소. 클라인, 너는 어쩔 것이냐?"

　클라인은 네로 자작의 수하다.

　"당연히 주군을 위해 해독제를 구하러 가겠습니다."

　"훌륭하다. 네가 기사의 표본이다."

　"그게 지금 말이나 되는 소리요?"

　카를로스가 가면, 그의 수하 50명이 따라간다.

　클라인이 주군을 구하겠다고 기사 50명을 끌고 간다면 단숨에 100명의 인원이 사라진다.

　카를로스는 오히려 인상을 먼저 구겼다.

　"안될 게 뭐가 있소? 인원을 나누자고 한 건 자작께서 하신 말씀 아니시오? 동의해 드리리다. 그리고 용병들도 우리가 데려가야겠소."

　용병들은 고용한건 네로자작이다.

　초기에 병사들을 제법 데리고 왔지만, 인원조정이 있으면서 병사들은 대거 제외시켰다. 각 영지에서 아끼고 아끼며 키운 병사들이다. 불사의 초를 찾으러가는 원정길에 잃을 수는 없는 법이었다. 돈으로 해결하는 것만큼 쉬운 것도 없다. 그 과정에서 네로 자작은 선뜻 돈을 지불해 용병들을 고용했다.

용병들 숫자가 120명이다.

그들이 빠진다면 단숨에 전방부대 전원이 해독제를 구하러 가겠다는 말로 들린다.

후방부대 80명, 그 중 전투요원이라고 할 수 있는 건 오르도와 기사들뿐이다.

결국 전방부대 없이는 임무를 속행할 수는 없다.

카를로스는 그 사실을 알고 강짜를 부리는 거다.

오르도로서는 납득할 수 없다.

귀족의 목숨이 중요하다 한들, 이번 원정의 성공 여부보다 중요한 것은 없다.

더군다나 자업자득이라 하지 않았던가.

결국 자신의 실수로 위기를 자초한 네로의 행동에는 분노가 치밀 뿐이다.

오르도는 통역에게 말을 걸었다.

"독에 중독된 자가 며칠이나 살 수 있냐고 물어봐라."

"예, 자작님."

통역은 한참 대화를 주고받았다.

"자신이 봤던 사람들 중에 가장 오래 살아남았던 사람은 5일이고, 짧았던 사람은 2일이랍니다. 해독제를 구하려면 가는 데만 3일이 소요된다고 합니다. 게다가 안전한 길도 아니라서 마수와 부딪히는 걸 각오해야 합니다."

검은숲에 들어와 아직까지 마수와 부딪히지 않은 것은 천운이 따른 거다.

하지만, 결국 부딪히는 건 필연이다.

늦출 수 있으면 최대한 늦추는 게 옳다.

아직 원정대는 제대로 출발도 하지 않았는데 벌써부터 변수가 찾아왔다.

오르도는 이번 원정의 성공을 위해서는 원하지 않아도 결국 해야만 하는 일이 생긴 거다. 마음속에서야 당장 칼을 뽑아 네로의 목을 치고 싶은 생각이 간절했지만, 등을 뒤로 돌려 말 위에 올라탔다.

"안내해달라, 일러라. 우리도 따라가겠다고."

"알겠습니다."

그제야 카를로스가 웃음꽃을 피우며 고개를 숙였다.

"호의에 감사드립니다, 자작님."

오르도는 인상을 구겼다.

"가자."

◆

"잘 돌아왔다."

나쁜 일만 있는 건 아니다.

꼼짝없이 죽었다고 생각한 이든과 체이스가 복귀했다.

오르도는 함박웃음을 지으며 그들을 격려했다.

"운이 좋았습니다."

"이동한 흔적이 여기저기 있었습니다. 다행히 헷갈리지 않았습니다."

하지만, 그들은 금세 얼굴빛이 변했다.

"주군의 명령을 이행하지 못했습니다."

"길잡이들은 찾을 수 없었습니다."

그 얘기를 들은 길드장의 얼굴이 굳어졌다.

이든과 체이스가 돌아온 것을 보고 막연한 희망이 있을 거라 생각했는데, 보이지 않는다.

그들도 길드장이 이름과 얼굴을 기억할 정도로 뛰어난 인재들이었다.

"아니다. 너희들이 돌아온 것 만으로도 크게 기쁘다."

"감사합니다, 주군."

대화가 끝나고 바스티안이 살짝 찾아가 현재 상황에 대해 납득을 시키고 얘기를 나누었다. 이 상황에 제대로 알고 있는 건 바스티안이었기 때문이다.

전방부대와 후방부대의 기묘한 분위기 때문에 이든과 체이스도 고개를 살짝 끄덕였다.

"알겠습니다, 단장님."

원정대는 해독제를 구하러 가는 길부터 발목이 잡혔다.

중독된 네로가 몸을 전혀 움직이지 못하는 상태이기 때

문이다. 그가 몸을 움직이면 체력이 저하돼서 독에 저항할 힘을 잃는다. 그 과정에서 짐꾼들이 몰던 마차 하나를 완전히 개조해서 네로를 거기에 눕혔다.

나머지 짐들은 짐꾼들이 나눠들었는데, 그 과정에서 속도가 줄어들자 카를로스가 다가와 재촉을 했다. 문제는 네로가 만들고, 욕은 후방부대가 먹는다.

결국 오르도와 카를로스 사이에 말싸움이 오고가자 전방과 후방부대 사이에 냉랭한 기류가 흘렀다.

"최악이로군."

최선의 방법은 네로를 버리고 원정대를 진행시키는 거다.

그런데, 카를로스는 자신의 전력과 네로의 전력을 믿고 일을 그르친다.

용병들도 이도저도 못하는 상황에 끼어버렸다.

왠지 모르게 이번 원정대는 실패할 것만 같은 기류가 감돈다.

펜릴은 불사의 초 뿐만 아니라 라크의 흔적을 찾기 위해 이곳에 왔다. 어떻게 해서든 이번 원정대가 성공하길 바란다. 그런데 최근 분위기는 도저히 성공과는 거리가 멀어 보였다.

네로는 가끔 의식을 깨고 일어나 헛소리를 해댔다. 의원들은 점점 그의 중독현상이 깊어져 환상을 보는 거라 말했

다. 그러다가 어느 순간 정신을 차리기도 했다. 자신이 독
에 걸렸다는 사실을 믿지 못하는 눈치다가 며칠이 지나자
체념을 하기도 했다.

검은숲에 들어온 지 6일째, 원정대는 처음으로 마수와
마주쳤다.

원정대의 길목 옆으로 뭔가 후두둑 소리와 함께 바닥으
로 떨어졌다. 재수 없는 몇몇 사람들은 그것에 맞기도 했
다. 크게 아프지는 않았지만 냄새가 지독하게 났다.

"으……."

카를로스가 코를 부여잡았다.

냄새로 봐서는 똥이 분명했다.

"어서 씻고 오라일러라. 머리가 아파서 움직일 수가 없
다."

"아, 알겠습니다."

기사들은 수통을 열고 재빨리 몸을 씻었다.

귀중한 물을 먹는 것도 아닌 씻는 데 사용하니 어딘지
모르게 아까운 건 사실이었다.

하지만, 이 며칠 간 안전한 강을 몇 군데 발견했기 때문
에 수분보충은 쉽게 이뤄졌었다.

용병들도 몸을 씻기 위해 진열을 이탈하자 갑자기 하늘
위에서 무언가 불쑥 나타나서는 그를 지나쳐 대열에 있던
한 용병의 어깨를 강하게 붙잡고 위로 사라졌다.

"으아아아악."

그 모습에 원정대가 얼어붙었다.

그때, 이민족의 길잡이가 통역에게 말을 걸었다.

"와, 와르곤라는 마수라고 합니다."

"와르곤?"

와르곤은 와이번을 닮은 최상급 마수다. 조상은 같지만, 마수로 성장했기 때문에 그 위력과 힘은 비교자체가 불가능하다.

검은숲의 하늘을 장악한 제왕이다!

"사, 살고 싶으면 일단 흩어져야 한다고 합니다."

"아, 알았다. 모두 흩어져라! 흩어져서 살길을 모색하라!"

카를로스의 외침이 있자 각자 누구나 할 것 없이 대열을 흩트리고 사라졌다.

와르곤은 떼로 몰려다닌다.

수 십 마리의 와르곤들이 갑자기 나타나서는 용병이나 기사할 것 없이 모두 물어갔다.

검을 뽑아서 싸워도 소용없었다.

마나연공법으로 단련된 그들도 최상급 마수의 가죽을 꿰뚫는 건 애초부터 불가능한 일이었다.

강하게 저항하면 와르곤은 그 자리에서 기사들을 찢어 죽였다. 강력한 부리로 배를 꿰뚫고 양쪽 손을 들어 머리를 몸에서 완전히 분리시켰다.

순식간에 원정대의 인원 중 30명이 사라졌다.

그렇지 않아도 300명밖에 되지 않은 인원인데 그중 10분에 1이 빠져 나가니 휑하니 빈자리가 보였다.

와르곤의 습격은 그 다음날에도 이어졌다.

이번엔 나타나자마자 숨었지만, 그래도 10명이 넘는 인원이 피해를 입었다.

검도, 활도 들지 않는 마수들이 파티를 벌이는 걸 가만히 지켜만 보고 있다는 사실 자체가 굉장히 괴로웠다.

밤이 되어 잠잠해지자 카를로스는 오르도를 찾아왔다.

"피해를 최소화해야 될 것 같소. 그냥 완전히 흩어져서 다닙시다."

와르곤에게 제법 시달렸는지 카를로스의 표정이 좋아보이지는 않았다.

"마음대로 하시오."

이민족의 길잡이들도 별다른 방법이 없다라고 말한다.

그냥 흩어져서 피해를 최소화하는 것 뿐.

오르도도 거절하지 않았다. 어제부터 죽은 기사들 때문에 잠이 오지 않았다.

그나마 기사들은 나았다.

짐꾼들은 거의 숫자가 반 이상 줄어버렸다.

몸이 날래지 못하고 짐 때문에 아무래도 피하는 게 힘들었다.

그 때문에 길드장의 얼굴은 하루 종일 어두웠다.

더 이상 짐꾼들의 숫자가 줄어들면 짐은 포기할 수밖에 없다.

그만큼 식량이 줄어든다는 얘기다. 물론, 그만큼 사람의 숫자도 줄고 있기는 하지만 그리 유쾌한 일은 아니다.

별다른 대책도 없이 날이 밝자 원정대의 얼굴에는 피로가 쌓여있었다. 대부분 언제 죽을지도 모른다는 생각에 제대로 잠을 이루지 못했던 거다.

펜릴도 잠을 자지 못했다. 어차피 곤조와 블랙 맨티스가 그의 잠을 방해하기 때문이다. 다만, 그는 남들과 다르게 그다지 피로를 느끼지는 못했다. 잠을 자지 못하는 일은 자주 있는 일이다. 하루 이틀 날을 새는 건 일도 아니다.

하지만, 펜릴은 남들처럼 가만히 있던 건 아니다.

후두둑-

오늘도 하루에서 와르곤들이 분비물을 쏟아냈다.

이제는 대부분이 익숙한 듯 피해냈다.

재수 없는 몇몇은 맞았다.

와르곤들이 내려와 또다시 어깨를 붙잡고 사라졌다.

"으아아악."

또 다시 짐꾼하나가 끌려갔다.

길드장의 얼굴이 다시 핼쑥해졌다.

펜릴은 그 모습을 유심히 지켜보았다.

'와이번은 눈이 좋은 몬스터다. 그래서 와르곤도 크게 다르지 않은 것 같았는데.'

펜릴은 오르도를 찾아갔다.

"붙어있으면 위험하다는 얘기 못 들었나?"

"와르곤을 피해낼 방법이 있습니다."

오르도의 얼굴이 밝아졌다.

이든과 체이스는 펜릴이 남긴 흔적 때문에 쉽게 찾아올 수 있었다. 그 일 이후로 펜릴에 대한 작은 신뢰가 생긴 뒤였다.

"뭔가?"

"조금 치욕스러운 방법이기는 하지만, 상관 없으십니까?"

"상관없다."

펜릴은 뒤이어 말했다.

◆

'마수는 마수일 뿐이다.'

굉장히 복잡한 생각을 했었다.

그런데, 그럴 필요가 전혀 없다.

와르곤의 분비물에 맞은 사람들은 표적이 되지 않는다. 이건 시각 보다는 후각에 의존한 사냥을 한다는 의미다.

펜릴은 장갑을 벗고 손가락으로 분비물을 만지며 손등에 올렸다. 피부가 벌겋게 달아올랐다. 선천적으로 예민한 사람은 다소 과하게 독이 오를 수 있지만 이 정도로 와르곤의 후각을 피해갈 수 있다면 값싼 통행료다.

"정말 그 방법으로 되겠나?"

바스티안은 다소 의문 섞인 목소리로 펜릴을 쳐다보았다.

"와르곤은 시각보다 후각에 의존하는 마수입니다. 다소 피부에 병이 옮을 수는 있지만, 이것보다 확실한 방법은 없습니다."

"아무리 그래도 자작님께, 그런……."

거부감이 있는 건 당연하다.

험한 일을 했던 용병들도 죄다 눈살을 찌푸린다.

펜릴처럼 사냥꾼 경험이 없는 사람들이라면 '이렇게까지 해야 하나' 싶을 정도로 과한 처방이라는 생각이 들 것이다.

"옷에만 하는 건?"

펜릴은 고개를 내저었다.

"와르곤의 후각이 얼마나 뛰어난지는 정확히 알 수 없습니다. 실제로 듣기만 했지 검은숲이 아니라면 대륙 어디에서도 와르곤을 보기가 쉽지 않습니다. 그렇기 때문에 알려진 것도 없죠. 제 경험상 인간의 피부에서는 후각이 뛰어난 마수들이 느끼기에 엄청난 냄새가 납니다. 얼굴은 물론, 드러난 피부 모두 하는 게 좋습니다."

"으음."

"시간이 없습니다."

펜릴은 가장 먼저 시범을 보였다.

누구 하나 먼저 선뜻 시작하지 않으면 사람의 마음이란 게 참 쉽게 움직이지 않는다.

단순히 시범을 보이기 위해서만은 아니다.

한시라도 빨리 해야 와르곤의 후각에서 벗어날 수 있기 때문이다.

게다가 오르도와 바스티안이 하지 않으면 그의 휘하들이 하지 않는다.

뿔뿔이 흩어져 있기는 하지만 모두가 서로의 시야 안에는 들어와 있다.

"자, 자작님……."

다행히 오르도는 외골수가 아니다.

"이렇게 하면 되나?"

오르도가 직접 움직이기 시작하자 바스티안은 어쩔 줄 몰라 했다.

"예, 자작님."

펜릴은 고개를 끄덕였다.

오르도는 얼굴뿐만 아니라 목까지 모두 직접 발랐다.

표정한번 찌푸리지 않고 하는 모습에 바스티안도 동참했다.

펜릴은 일일이 찾아가 이 행위에 대해 모두 설명했다. 대부분이 꺼려했지만 오르도가 하는 걸 봤기 때문에 할 수밖에 없었다.

주군이 하는데, 기사는 지옥 끝까지라도 따라가야 한다.

'나도 내 생각이 틀리지 않길 바란다.'

피부가 자꾸만 간지럽다.

이런 게 익숙한 펜릴도 그러할 지언데, 다른 사람들은 오죽하겠는가.

죽지 않기 위해서는 뭐라도 해야 한다.

아무것도 하지 않으면 그저 먹잇감에 불과하다.

인간은 만물의 영장이라 하지만 소수는 그저 한 동물의 무리일 뿐이다.

숲은 그러하다.

누구나 사냥꾼이 될 수도, 사냥감이 될 수도.

사냥꾼이 된다면 최선을 다해 죽여야 하고, 사냥감이 된다면 무슨 수를 써서라도 살아남아야 한다.

숲의 생존법칙이다.

펜릴은 눈을 살짝 올려 하늘을 바라보았다.

와르곤은 하늘 위를 빙빙 돌더니 어딘가로 사라졌다.

"으아아악."

전방부대의 피해는 심각했다.

뿔뿔이 흩어져도 기어코 쫓아왔다.

오히려 혼자 남게 된다는 건 쉬운 먹잇감을 자초한다.

와르곤은 또 한 번 포식을 한 채 유유히 하늘 위로 날아 가 사라졌다. 한바탕 난리가 나고 모인 인원은 또 눈에 띠 게 줄었다. 해가지고 와르곤의 습격이 사라지자 후방부대 는 자연스럽게 전방부대와 합쳐졌다.

"그게 대체 무슨 꼴이요?"

카를로스는 오르도의 행태를 보고 손가락질을 했다.

"뭐, 그냥 재수가 없었소."

오르도 뿐만 아니다.

후방 부대 전원이 오물을 듬뿍 뒤집어 쓴 모습이었다.

용병들도 인상을 죄다 구겼다.

"빌어먹을, 냄새가 여기까지 진동하는 구나! 오늘은 밥 을 먹을 생각이 없다."

정신이 돌아온 네로가 등을 돌렸다. 언제 죽을지 모르는 상황이니 만큼 신경이 바짝 예민해졌다.

카를로스는 그래도 네로와는 상황이 달랐다. 후방 부대 를 유심히 지켜보자, 한 명도 예외 없이 오물을 뒤집어 쓴 모습이다.

그리고 보니 분명히 같이 와르곤의 습격을 받았을 텐데, 생각보다 살아남은 자들이 많다. 물론, 후방 부대가 사람 수가 많지는 않았지만 어떻게 된 게 전방부대 보다야 피해가 훨씬 적은 것 같았다.

"무슨 일인지 알아봐야겠다. 클라인, 네가 가보 거라."

"예, 남작님."

클라인이 간지 얼마 되지 않아 다시 돌아왔다.

"어떻게 된 일이냐?"

"듣기로는 후방에 있는 길잡이 하나가 제안한 방법이랍니다."

카를로스가 눈썹을 찡그렸다.

"길잡이 들은 없다는 걸로 보고를 받았다."

"그래서 짐꾼들 중에 사냥꾼 출신이 있어 길잡이로 오르도 자작이 직접 세웠다고 합니다."

"그래, 어찌하여 저들이 저렇게 오물을 잔뜩 뒤집어썼다는 거냐?"

"정확한 건 그들도 잘 모르지만, 일단 오물을 쓰는 것만으로도 와르곤의 공격을 대부분 피해 갈 수 있다고 합니다. 오늘 후방부대에서 죽은 자들은 고작 2명에 불과합니다."

"뭐, 뭣. 2명?"

"예, 남작님."

전방부대에서 죽은 자들이 도합 20여명이 넘는다.

무려 열배에 가까운 차이다.

물론, 전방부대는 3배에 가까울 정도로 후방부대 보다야 많은 숫자를 가지고 있지만 그래도 납득하기 어려운 수치다.

"다만, 몇 명은 피부병으로 고생하고 있는 듯합니다."

"그건 됐다. 의원이 있는 이상 쉽게 고칠 수 있지 않겠느냐?"

"그, 그건 그렇습니다."

"길잡이의 이름이 뭐라더냐?"

"펜릴이라고 들었습니다."

◆

이곳은 와르곤의 영역이다. 와르곤은 밤에 활동을 하지 않는다.

펜릴은 모닥불을 피고 옆에 앉았다.

그러자 던컨용병단이 다가왔다. 전방부대에 위치하던 그들도 후방 부대의 오물은 관심 있는 내용이었다.

"칼루스로 올 때와 같은 방식이었죠?"

켈리의 질문에 펜릴은 고개를 끄덕였다.

"네, 시력이 좋은 마수에게는 그다지 좋은 방법이라고
는 할 수 없습니다만."

"에휴! 이럴 줄 알았으면 나도 짐꾼이나 할 걸. 괜히 용
병으로 와서 이게 뭔 개고생이야."

한스는 불쏘시개로 모닥불을 뒤적거리며 불만을 쏟아냈
다.

아무래도 네로 자작이 환상에 시달리며 헛소리를 해대
는 거나, 카를로스의 독선적인 행동. 기사들의 무시는 용
병으로써는 참기 힘든 일들이었을 거다.

한스는 네로가 누워있는 짐마차를 바라보고 말했다.

"저 녀석은 언제 죽나?"

던컨이 헛기침을 하며 주의를 주었다.

"조용하거라, 누가 들을라."

"여기서 불평불만 없는 놈도 있수? 대장도 있잔수. 그냥
속 시원하게 말해버리쇼. 저 빌어먹을 새끼 때문에 이지경
이 됐다고."

그때, 벨이 등을 뒤로 돌리더니 말했다.

"누가 형 말 들었나 본데?"

"읍."

그러자 한스가 얼른 입을 닫았다.

마침, 기사 하나가 뚜벅뚜벅 모닥불 쪽으로 걸어왔다.

한스가 괜히 어색하게 헛기침을 하며 물었다.

"엣헴, 흠. 무슨 일이요?"

그 기사는 얼굴을 천천히 살펴보더니 물었다.

"여기 펜릴이라는 자가 있나?"

펜릴은 조용히 손을 들어 올렸다.

"남작님이 찾으신다. 따라오거라."

"무슨 일인지는 말해 줄 수 없소?"

"따라오면 안다."

기사는 냉정하게 등을 돌렸다.

펜릴이 자리에서 일어났다. 괜히 귀족의 말을 거스를 필
요는 없었다.

그들이 사라지자 한스가 입을 삐쭉 내밀었다.

"그 미친놈이 대체 펜릴은 왜 찾는 거지?"

켈리가 한 마디했다.

"미친놈이니까 찾나보지."

◆

펜릴은 기사의 뒤를 따라 천막 안으로 들어갔다.

카를로스의 앞에는 두 명의 기사가 빈틈없이 호위를 하
는 모습이고, 그 주변으로 기사들이 대거 몰려있다. 분위
기만으로도 상대방을 압도하는 모습이다. 누구라 한들, 혼
자의 몸으로는 기사들의 기세에 어깨가 위축될 것이다.

'짜증나는 분위기로군.'

뻔 한 수작이다.

상대에게 겁을 주고 원하는 것을 취하려는.

펜릴이 마나연공법을 몰랐다면 이 분위기를 감당하지 못했을 거다.

"무슨 일입니까?"

카를로스의 옆에 있던 클라인이 턱짓을 하자 기사 한 명이 다가와 펜릴에게 어음이 들어간 주머니를 건넸다.

"100만 실링이다."

클라인의 말이 있고 나자 주머니의 무게가 상당히 무겁게 느껴진다. 평민들이라면 평생 가도 못 만질 돈이다.

60년 동안 아무것도 안하고 먹고 살 수 있을 만한 거액이기도 하고 큰 상점을 내기에도 무리가 없다.

"남작님께서 너의 능력을 높이 사셨다. 살아 돌아간다면 그 돈을 가지고 부자가 될 수 있다. 말은 잘 해 놓을 테니, 전방부대로 오거라."

펜릴의 번뜩이는 방법으로 후방부대가 큰 피해를 보지 않았다. 죽은 인원 둘도, 짐꾼들이다. 기사가 살아남은 것만으로도 후방부대는 병력을 대부분 아낄 수 있었다.

전방부대의 기사들이 생존할 수 있다면 100만 실링은 큰 돈이 아니다.

기사 하나 키우는 게 돈이 더 들어간다. 그런 기사들이 무려 100여명이나 전방부대에 있었다. 그런데, 칼질 한 번 제대로 해보지도 못 한 채 와르곤한테 끌려가는 건 들어간 돈을 생각하면 아깝기 그지없다.

"전 후방부대 소속입니다."

"길드 소속이라고 들었다. 짐꾼이라고. 평생 만져보지도 못할 돈이다. 어딜 가서 짐꾼이 100만실링을 손에 쥐겠느냐? 짐꾼으로 있기에는 그 능력이 아까워 남작님께서 크게 쓰고 싶어 하신다."

사실 병력을 생각한다면 펜릴도 전방부대를 생존시키는 게 가장 큰 효율이다. 게다가 몸을 지키기에도 후방 보다는 전방이 안전할 수도 있다.

"죄송합니다. 오르도 자작님께서 절 이미 후방부대의 길잡이로 임명하셨습니다."

완곡한 거절이다.

클라인은 설마 펜릴이 거절할 줄은 몰랐는지 인상이 구겨졌다.

"돈이 부족하나?"

펜릴은 고개를 내저었다.

큰 돈이다. 하지만, 애초에 펜릴은 돈에 큰 관심이 없다.

100만실링이 큰돈이기는 하나, 지금 펜릴의 능력이라면 중급 마수를 넘어 상급 마수까지도 상대해볼만 하다. 상급 마수를 사냥한다면 100만실링은 금방이다.

"오늘 방법에 대해서 궁금하신다면 일러드리지요. 하지만, 저는 전방부대에 큰 관심이 없습니다."

중요한건 병력의 숫자가 아니다.

그 병력을 이끄는 우두머리다.

우두머리가 멍청하면 아무리 많은 부대를 가지고 있어도 부하들을 위기로 내몬다.

네로 자작의 행동이 그러하다.

더군다나 후방부대를 져버리고 홀로 사라져버린 전방부대를 생각하면 펜릴은 후방부대를 떠날 순 없다.

'자고로 미친개와 똥은 피해야 하는 법이지.'

펜릴은 들고 있던 주머니를 기사에게 건네주고 고개를 숙였다.

"이만 볼일이 끝났으면 돌아가겠습니다."

펜릴이 등을 돌리자, 기사 하나가 다가왔다.

"아직 남작님은 가라고 하지 않았⋯⋯."

그러자 펜릴은 기사의 손을 탁 쳤다.

"조심하십쇼. 물이 아무래도 많지 않아서 제대로 씻지 못했더니 똥독이 오를 텐데요."

"윽⋯⋯."

기사가 움직임을 멈췄다.

사실, 천막 안에 펜릴이 몸에 묻혔던 와르곤의 오물냄새가 진동하는 건 사실이다. 기사들 몇 몇은 몸을 배배꼬기 시작했다.

카를로스는 담담한 표정으로 입을 열었다.

"마음이 바뀌면 언제든지 와도 좋다."

"알겠습니다, 남작님."

펜릴이 천막에서 나가자 클라인이 카를로스를 바라보았다.

"저놈을 원하시는 게 아니었습니까?"

카를로스가 코웃음을 쳤다.

"흥, 그래봤자 무지한 놈일 뿐이다. 저 평민 때문에 오르도의 콧대가 높아지는 게 싫었을 뿐. 오르도가 죽는다면 놈이 전방부대에 합류하지 않고 배기겠느냐?"

네로와 마찬가지로 카를로스도 오르도를 좋게 생각하지는 않았다.

"알겠습니다."

카를로스의 뜻을 이해한 클라인이 고개를 끄덕였다.

"일단, 불사의 초 부터다. 불사의 초를 구한다면 형님과 함께 오르도를 죽여야겠다. 굳이 공을 나눌 필요는 없겠지."

귀족들 내에서도 오르도를 추종하는 사람들은 많다. 대부분이 황제와 얽혀있는 자들이다.

네로는 예전부터 오르도를 눈엣가시처럼 여겼다. 그의 영향을 받은 카를로스도 크게 다르지 않았다.

◆

"저곳이 와르곤의 둥지입니다."

통역의 말에 카를로스가 고개를 뒤로 젖혔다.

하늘의 제왕이라 불리는 와르곤의 둥지는 굉장히 거대하다.

와이번과 마찬가지로 떼를 이루어 살기 때문에 절벽 곳곳에 구멍이 뚫려있거나 거대한 나무들로 바닥을 덮고 그위에 나뭇잎으로 감싼 새의 둥지와 비슷한 형태를 취한 것들도 있었다.

"'아만다'라는 풀뿌리인데, 저 둥지근처에서만 자란답니다. 검은숲에 있는 독이란 독은 모조리 해독할 수 있고, 색깔이 하얗기 때문에 발견하는 게 어렵지는 않다고 합니다."

실제로 눈이 좋은 사람이 본다면 둥지 근처에 하얀 색으로 번쩍이는 걸 알 수 있었다.

"더 이상 접근하지 않는 게 좋답니다. 새벽이라 아직 와르곤들이 깨어나지 않았다고는 해도, 모성애가 강해서 새끼들이 있는 영역에 들어가면 언제라도 깨어나 공격할 수 있습니다."

뒤이어 통역은 나무로 만든 둥지가 새끼들이 사는 곳이고, 거대한 동굴이 바로 와르곤들이 있는 곳이라 말했다.

"어떻게 하시겠소?"

오르도의 질문에 카를로스는 담담하게 말했다.

"몸이 날랜 기사들을 뽑아 가져오라 시키겠소."

"말 못 들었소? 가까이 다가가면 깨어나 공격한다지 않소?"

둥지 안에 얼마나 많은 와르곤들이 있는 지 알 수가 없다.

적어도 그들이 하나라도 깨어나면 모두가 깨어나 공격할 거다.

"그럼, 뭐 방법이 있겠소? 어제와 같은 방법으로 해야지."

그러면서 카를로스가 펜릴을 쳐다보았다.

펜릴이 이들의 회의에 참가한 것은 오르도 때문이었다.

오르도도 카를로스가 선뜻 그렇게 해준다면 나쁠 건 없었다.

사실, 이곳에서 최선의 방법으로는 오물을 뒤집어쓰고 아만다를 구하러 가는 것뿐이다.

통역은 시간을 재촉했다.

"결정하려면 지금 하는 게 좋을 것 같습니다. 길잡이 말로는 곧 와르곤들이 깨어날 거랍니다. 와르곤이 깨어나면 여기 있는 사람들도 위험할 수 있습니다."

카를로스는 네로의 휘하 기사들 중 몇 명을 뽑았다.

클라인이 그들을 설득시키자 그들도 내키지 않는 눈치였지만 모두 오물을 뒤집어썼다. 하지만, 그들만 뒤집어 쓴 건 아니다.

원정대 대부분이 오물을 찾아나서야 했다. 괜히 그들이 시간이라도 끌게 되면 와르곤이 깨어날 수 있기 때문이다.

후방부대는 이미 어제 겪었던 일이기 때문에 눈살을 찌푸리기는 해도 효과를 봤기 때문에 대부분이 체념한 상태였다. 하지만, 전방부대는 달랐다. 도저히 이런 행위를 할 수 없다고 거부하는 자들도 있었다. 용병들도 있었고, 기사들도 있었다.

베테랑 용병들이 설득시키고 나서야 마치 위장이라도 하듯 꼼꼼히 피부에 발랐다.

하지만, 그들만 있었던 것도 아니다.

마침 제정상으로 돌아왔던 네로가 신경질을 냈다.

"미친놈들! 사방에서 썩은 내가 다 나는구나."

"형님! 방법은 이것 밖에 없습니다."

카를로스가 진정을 시키자 네로는 더욱 화를 냈다.

"카를로스! 네놈이 그러고도 귀족이란 말이냐? 나에게 그런 짓을 한다면 혀를 깨물고 자결을 선택하겠다! 이건 귀족의 수치다!"

"끄응."

카를로스는 타협의 의지가 있는 사람이라고 해도 네로

는 전혀 아니다.

결국 카를로스는 네로의 선택대로 가만 내버려두었다.

"출발해라."

"예, 남작님."

클라인의 휘하 기사들 두 명이 연달아 출발했다.

그들은 각자 다른 기둥을 잡고 줄을 매달아 절벽을 오르기 시작했다.

휘이잉—

절벽을 오르는 그들은 강한 바람을 느꼈다. 아무래도 높이가 높이 이니만큼 추위까지도 느껴졌다. 아슬아슬한 그들의 모습에 밑에서 바라보는 사람들의 눈빛에는 안타까움이 느껴졌다.

그때, 한 기사는 등으로 오싹한 느낌이 들었다.

오르다 말고 뒤를 살짝 돌아보자 검은 그림자 하나가 그를 덮치듯 내려왔다.

키에에엑— 키엑!

그 그림자는 비명을 질렀다.

"뭐, 뭐야?"

그런데, 기사를 덮친 건 아니고 그 그림자는 바닥으로 떨어져 퍽! 하고 부서졌다.

"뭐지?"

자세히 쳐다보니 와르곤과는 조금 형태가 다르다.

크기가 작고, 가죽이나 뼈가 그렇게 단단해 보이지는 않았다.

"새끼?"

새도 마찬가지지만 새끼들은 둥지에서 발을 헛디디거나 강풍 때문에 떨어지는 일은 허다하다. 다만 떨어져 죽은 새끼가 새도 아니고 와르곤의 새끼라는 게 문제였다.

새끼의 비명을 들은 와르곤들이 동굴 밖으로 튀어나왔다.

키에에에에엑―

와르곤의 울음소리를 들은 원정대의 얼굴이 전체적으로 어두워졌다.

"피, 피해라!"

◆

키에에엑―

"우, 우아악!"

동굴속으로 기어 나온 와르곤은 날개를 피더니 그대로 기둥에 오르는 기사들의 머리를 한 입에 삼켜버렸다. 목을 잃은 기사들은 바닥으로 추락했다.

아무리 후각이 시각보다 발달한 와르곤이라 하더라도 집을 기어오르는 인간을 발견하지 못할 정도로 바보는 아니었다.

동굴에서 수 십 마리의 와르곤들이 튀어나오는 모습은 장관이었다. 하지만, 그 모습을 넋 놓고 바라볼 위인들은 없었다.

피하라는 말 한 마디에 원정대는 모래알처럼 흩어졌다.

와르곤들에 대한 공포가 현실로 다가온 것이다.

와르곤들도 자기들이 발견한 인간들을 보고 뿔뿔이 흩어졌다.

"으아아악!"

단순한 먹잇감을 찾기 위한 사냥이 아니다.

자기 영역에 들어온 것에 대한 분노, 새끼가 죽은 것에 대한 분노.

키엑, 키에엑-

와르곤들은 인간의 머리를 부리로 쪼아 터트리고 하늘을 향해 포효를 했다.

"으아악, 저리 꺼지란 말이다."

독 때문에 오늘 내일 하는 네로도 삶에 대한 의지는 와르곤 앞에서 다른 누구와 크게 다르지 않았다. 특히나 다른 사람들과 달리 오물이 더럽다며 멀리했던 네로는 그 댓가를 톡톡히 치르고 있었다.

와르곤 대여섯마리가 순식간에 달려들며 네로를 노리자 기사들이 막아섰다.

"주, 주군을 피신시켜라!"

클라인의 휘하 기사들은 모조리 와르곤에게 달려들었다.

카를로스도 기사들을 시켜 네로를 지키게 했다.

"형님을 지켜라!"

네로가 죽으면 그도 돌아가서 공작을 뵐 낯이 없었다.

다 죽어가는 네로를 지키고자 기사들이 혈투를 벌였다.

그 모습에 다른 와르곤들까지도 달려들었다.

때문에 뿔뿔이 흩어졌던 병력들은 다소 여유가 생겼지만, 기사들이 수 십명이 뭉친 네로와 카를로스가 있는 곳은 피냄새가 진동했다.

"쯧."

펜릴은 기사가 주군을 지키려는 눈물겨운 모습에 혀를 찼다.

사실상 이 그룹에서 네로의 목숨은 그다지 중요한 게 아니다.

임무를 성공시키기 위해서는 기사들 하나의 몫숨값이 더 비싸다.

그룹의 리더가 네로만 있는 것도 아니고 훌륭한 지휘관인 오르도가 존재한다. 그냥, 네로는 죽기 싫어서 발버둥치는 거고 기사들은 그런 주군을 지키기 위해 자기 목숨을 버리고 있는 것 뿐이다.

펜릴은 주위를 둘러보더니 곧바로 곤조의 발목을 각성시켰다.

양쪽 허리춤에서는 마체테를 꺼내 가볍게 다리에 힘을 주고 기둥위로 도약을 했다. 그리고 마체테를 기둥에 꽂자, 절벽이 제법 단단해 중간에 안착했다. 펜릴은 그 자세에서 다시 도약하며 마체테로 더 위를 꽂았다.

"어디보자……."

분노에 찬 와르곤들은 모두 집을 비웠다. 기둥을 오르는 게 어려운 게 아니다.

"이쯤 이었을 텐데?"

펜릴은 얼마 안 가 하얀색으로 번쩍이는 풀뿌리를 발견했다.

"여기 있군."

이게 독을 치료할 수 있는 '아만다' 라는 약초다.

좋은 게 좋은 거라고 펜릴은 아만다를 몇 뿌리 더 캐냈다.

그리고 올라왔던 방식대로 마체테를 기둥에 꽂으며 내려왔다.

마침 네로와 기사들은 와르곤과의 혈투 끝에 간신히 도망을 치고 있었다. 죽은 기사들 숫자만 무려 20명은 넘은 것 같았다.

부상을 입은 기사도 열이 넘어 보인다.

와르곤도 피해가 막심했다.

기사들은 와르곤을 상대하는 법을 어렴풋이 깨달았는지 지독하게 날개와 눈을 공격했다. 그 사이에 어디서 가져왔는지 몰라도 카를로스가 네로의 몸에 와르곤의 오물을 끼얹었다.

"카, 카를로스!"

"형님, 죄송합니다. 일단, 살고 보셔야죠."

"빌어먹을, 난 이대로 죽겠다. 귀족이 되서 어찌……."

"형님이 죽으면 제가 큰아버지를 어떻게 봅니까."

시력을 잃은 와르곤들은 오물을 끼얹은 기사들을 제대로 찾을 수 없었다.

그렇게 와르곤의 둥지에서 벌어졌던 전투는 막대한 피해만 입고 일단락되었다.

◆

"얼마나 생존했나?"

와르곤의 둥지에서 벗어난 원정대는 한 자리에 모였다.

언뜻봐도 숫자는 처음 출발했을 때에 비해 반이 모자라 보였다.

"짐꾼들 중에 생존한 자들은 다섯이 넘지 않습니다."

길드장의 보고에 오르도는 인상을 구겼다.

기사들처럼 몸이 날렵하지 않은 짐꾼들은 몸을 피하기 쉽지 않았던 거다.

오르도는 바스티안을 쳐다보았다.

"5명이 죽었고, 2명이 부상을 입었으나 다행히 검을 쓰는 데는 큰 문제는 없어 보입니다."

후방부대는 짐꾼을 제외하고는 대부분 생존했다.

갖은 고생을 함께하고 큰돈은 물론이거니와 정성까지 들여 키웠던 기사들이 황제의 임무도 아니고 고작 네로 자작의 멍청한 행동에 죽었다고 생각하자 속에 열불이 났다.

"헉, 헉, 헉……."

와르곤으로 부터 발이 땀나도록 도망갔던 전방 부대는 상태가 조금 달랐다. 용병들은 크게 눈에 띄지 않았지만 기사들이 제법 많이 죽었다.

네로와 카를로스의 휘하기사들은 각각 20명이상이 죽거나 행방불명됐다. 처음 출발할 때 100명이었던 기사들이 이제는 60명이 채 되지 않았다.

기사들의 보고를 받은 네로가 속 안에 있던 화를 입 밖으로 터트렸다.

"빌어먹을 새끼들. 용병들은 지금까지 뭘 하고 있었나?"

그러자 참다 참다 참지 못한 용병들 몇 명이 앞으로 나섰다.

"뭐요?"

"기사들이 죽을 때 너희들은 뭘 했냔 말이다."

"우리의 임무는 어디까지나 불사의 초를 구하는 것에 있소. 자작의 해독제나 구하러 온 것이 아니란 말이오!"

"뭐야? 저 새끼들을 그냥⋯⋯."

기사들의 숫자가 많이 줄었다.

괜히 용병들의 심기를 거스를 필요가 없었다.

"혀, 형님. 그만하시지요."

옆에 카를로스가 얼른 말렸다.

네로가 중독된 이후에 절제라는 덕목이 아예 사라진 듯하다.

"그래, 해독제는. 해독제는 구했느냐?"

네로가 주변을 둘러보며 물었다.

"⋯⋯."

주변이 숙연해졌다.

그러자 네로가 이번엔 자기 기사들을 보며 물었다.

"아니, 주군이 죽어가는 데 해독제 하나 구한 놈들이 없단 말이냐?"

"주, 주군을 지킨다고."

클라인이 얼른 네로에게 다가와 무릎을 꿇었다.

"그럼, 지금 뭐하고 있는 것이냐? 당장 가서 구해와라! 아만다라는 그 풀쪼가리를 구해오란 말이다!"

기사들의 표정이 어두워졌다.

또다시 그 지옥속으로 들어가고 싶은 마음은 없었다.

네로는 의원들의 보살핌으로 가까스로 독의 진행을 막고 있었다. 그래서 이민족 길잡이가 봤던 사람들보다도 가장 오래 동안 생존해있다. 하지만, 그것도 한계가 있다. 얼굴은 물론, 전신을 뒤덮은 검은 피부는 이제는 내장 곳곳까지 파고들었다.

"컥, 커억."

화를 참지 못했던 네로는 갑자기 거품을 물고 눈알이 위로 굴러갔다.

"아, 아니? 혀, 형님! 어서 의원을 불러와라!"

마침 옆에 있던 의원은 고개를 내저었다.

"야, 약초가 없이는 도저히……."

카를로스는 의원의 멱살을 붙잡았다.

"어, 어떻게든 해봐라! 너는 의원이 아니더냐?"

"죄송합니다."

그때, 네로의 옆으로 하얀색 풀뿌리 하나가 뚝 떨어졌다.

"여 기 있소."

펜릴이었다.

아만다를 구한다고 기둥에 오른 펜릴은 흔적을 찾으며 복귀하느라 시간이 다소 걸렸다.

하지만, 도착한 것은 지금보다 더 이른시간이었다.

이 사태를 뒤에서 조금 지켜보다가 고민 끝에 나선 것이다.

살릴 수 없는 것도 아니고 죽어가는 사람을 눈앞에서 보고만 있는 모진 성격은 아니다. 사실 펜릴 마음속으로는 네로가 죽어버렸으면 좋겠다고 생각했다. 하지만, 어디 마음 가는 데로만 행동할 수는 없다.

네로가 죽으면 그의 휘하 기사들은 물론, 카를로스까지도 움직이지 않는다. 그들이 움직이지 않으면 용병들도 마찬가지다.

네로가 살아나야 그들이 뭔가 목표를 가지고 움직인다.

"자, 잠시만 기다리십쇼."

의원은 아만다를 보고는 눈이 휘둥그레져서는 서둘러 품 안에서 가지고 있던 여러 약초와 섞더니 네로에게 먹였다.

방금까지 게거품을 물었던 네로의 호흡이 안정화 되었다.

아만다의 놀라운 효과에 대부분의 이목이 집중되었다.

"다, 다행히 늦지는 않은 것 같습니다. 조금 안정을 되찾으면 괜찮을 것 같습니다."

"후우."

카를로스는 한숨 돌렸다는 듯이 소매로 이마를 닦았다.

운이 좋았다고밖에 말할 수 없었다.

펜릴은 결국 네로가 살아나는 모습을 보면서 인상을 구겼다.

마음 한 구석으로는 약을 먹고도 그가 죽어버렸으면 좋겠다는 생각이 물씬 들었다.

사고만치는 놈이다. 원정대를 위기로 모는 놈 일 뿐이다.

하지만, 그가 살아 있어야 그의 휘하 기사들은 물론 카를로스와 용병들도 움직인다.

펜릴은 후회할지도 모른다는 생각을 하면서 등을 돌렸다.

그렇게 제왕의 둥지에서 원정대는 점점 멀어져갔다.

monster link

주술사

몬스터
링크

NEO FANTASY STORY

주술사
monster link

원정대는 이틀을 쉬고 움직였다.

부상자들의 회복시간도 필요했지만, 한 가지 난관에 봉착해 있었다.

"통역들이 죄다 죽었소."

통역은 이민족 길잡이들과의 연결고리다.

길잡이들은 길만 안내하는 것이 아니라 물이나 숙영지를 찾아주는 역할도 한다. 게다가 이번 아만다의 풀뿌리를 구했던 것도 길잡이들의 역할이 컸다.

통역은 최우선 호위 순서가 아니다.

난잡한 상황속에서 그들을 지켜줄 여유가 없었다.

말이 통하지 않으니 원정대와 길잡이들 간에 답답한 분

위기가 흘렀다.

의사소통은 손짓과 발짓으로 대부분 이루어 졌고, 서로 그저 감으로 이해해야 했다.

더 이상 전방과 후방의 개념은 사라졌다.

짐꾼들이 죄다 죽었기 때문에 그들을 지킬 필요가 없어졌고 병력도 많이 줄어서 대열을 뒤로 늘릴 생각도 하지 않았다.

'어렵군.'

펜릴은 제국의 문자 공부를 끝내고 이민족의 언어에 대해서 공부를 한 적이 있었다. 제국 문자야 말을 할 줄 아니 그렇게 어려운 편은 아니었지만, 이민족의 언어는 겉으로 헤맬 수밖에 없었다.

자음과 모음을 외우고, 그리고 옆에 써진 제국 발음기호를 읽으며 달달 외우는 것 말고는 방법이 없다. 지루한 시간은 결국 자신과의 싸움인데, 다행히 펜릴은 어느 정도 이겨내고 이민족의 문자를 배웠다.

하지만, 말을 주고받는 건 불가능하다.

후방부대에서 길잡이 노릇을 했기 때문에 전방과 후방이 합쳐진 지금도 여전히 길잡이를 하고 있었다. 물론, 이민족 길잡이들이 최우선적으로 나서고 펜릴이 그 뒤를 따르다. 그리고 그들이 주고받는 대화를 우선적으로 듣게 된다.

정말 아는 기본적인 몇 단어를 제외하고는 알아듣는 게 거의 없다. 게다가 그 단어도 그게 맞는 지 긴가민가할 때가 많다.

그래도 들어야 는다고 계속 길잡이들의 대화를 듣고 나니 얼추 뜻을 이해하는 데는 큰 도움이 되었다.

펜릴이 제국의 문자를 공부했던 건 적어도 사람구실은 하며 살고 싶었기 때문이다.

사냥꾼이나 농민을 벗어나 이름 높은 용병이나 기사가 되기를 원하는 마음에서 라크는 그에게 마나연공법을 빌려주었다.

이민족의 문자를 공부했던 건 라크와 티라를 찾는 데 도움을 받기 위해서였다.

펜릴은 이들의 대화를 들으며 조금 더 이민족의 언어를 배울 필요가 있다고 느꼈다.

'문자에 국한 되서는 안 되고 말을 할 줄 알아야 해.'

라크와 티라 둘 다 북방의 이민족 언어를 잘 했다. 특히 티라는 거의 현지인 수준이라 할 만큼 뛰어났다. 그렇기 때문에 영감의 자료들을 조사하는 데 문제가 없었다.

이민족의 언어는 그들을 찾는 것뿐만 아니라 불사의 초를 찾는 데 까지 도움을 받을 수 있다. 이번 원정으로 인해 불사의 초를 찾는다면 그것으로 좋은 일이지만 이 일이 실패했을 때를 대비해야 했다.

펜릴은 북방의 이민족들 사이에 껴서 손짓 발짓으로 대화를 시작했다.

이민족들은 대화가 많은 편은 아니었다. 하지만, 펜릴이 말을 걸면 대답은 해주었다.

"말을 할 줄 아나?"

펜릴이 어느새 이민족들과 대화를 하기 시작하자 오르도가 다가와 슬쩍 물었다.

"그냥 이들의 문자를 조금 알고 있는 것뿐입니다. 대화는 잘 못해 어려운 건 문자를 씁니다."

"아쉽군."

통역을 잃은 마당에 펜릴이 통역이 될까 했지만 아쉬운 마음에 오르도는 혀를 찼다.

"그래도 재주가 많아."

처음에는 짐꾼 복장을 하고 있더니 흔적을 찾는 것도 수월하고, 어느새 이민족들과 대화도 나누고 있다. 물론, 대부분을 못 알아듣긴 하지만 원정대는 아예 이민족들의 인사법도 모를 정도였다.

그 뒤 오르도는 이민족에게 전할 얘기가 있으면 펜릴을 전해서 했다.

물을 찾고 싶으면, 펜릴이 이민족의 언어로 물이라는 글자를 써서 보여주었고 쉬고 싶다고 말하면 쉬고 싶다는 글자를 적어줬다.

투박하기 이를 데 없는 문자지만 알아듣는 데는 큰 무리가 없었다.

"쇼다!"

이민족들이 갑자기 큰 소리로 외쳤다.

얼굴빛이 돌아온 네로가 펜릴을 향해 물었다.

"저 야만인 놈이 뭐라더냐?"

"정지!"

저 정도 단어를 알아듣는 건 어렵지 않다.

이민족들도 통역이 없다는 걸 알고 있기 때문에 어렵게는 절대로 말하지 않는다.

보통 이렇게 멈추는 경우는 딱 한가지뿐이다.

이 근처에 마수가 있다는 거다.

원정대가 검은숲에 들어 온 지 날이 꽤나 지났다.

길잡이들의 뛰어난 판단력으로 많은 마수들을 피해갈 수 있었지만, 이렇게 마주칠 수밖에 없는 경우도 가끔 나타났다.

물론, 그때마다 큰 피해가 가는 건 당연했다.

"뭐야, 아무것도 없지 않느냐?"

검을 뽑아든 네로가 몸을 꿈틀거렸다.

집중력이 약하다는 뜻이다.

카를로스도 몸을 비틀거리기 시작했다.

"멍청한 야만인이 착각한 모양이군."

네로는 검을 집어넣었다.

"어서, 가자!"

그런데, 이민족들은 꿈쩍도 하지 않았다.

"통역! 어서 가자고 말해라."

네로는 펜릴을 통역으로 치부했다.

이 순간 저놈을 살려둔 게 후회되었지만, 임무의 성공을 위해서는 살려두는 게 옳았다.

주군을 잃은 기사들이 목숨을 끊는 일은 자주 있는 일이다.

펜릴은 꿈쩍도 하지 않았다.

애초에 그는 후방 소속이었고, 더 나아가 길드 소속이었다.

네로의 말을 들을 이유가 없었다.

"어서 말하지 않고 뭐……."

그때, 이민족이 네로를 향해 열을 내며 화를 냈다.

그 말을 알아듣지 못한 네로는 인상을 구겼다.

"뭐, 뭐라?"

물론, 펜릴도 알아들은 건 아니다. 하지만, 몇 몇 단어는 어딘지 모르게 귀에 익었다.

"닥치랍니다."

"이, 이놈들이……."

네로가 다시 칼을 뽑아 들자 마침 괴상한 형태의 악어가 원정대를 덮쳤다.

"트, 트라누스다!"

트라누스는 상급 마수다.

물가 근처에서 살고 있으며 기존 악어와는 비교도 되지 않을 만큼의 살상력을 지니고 있고 크기도 두 어 배는 더 크다. 약점이 있다면 배는 칼이 부드럽게 들어가는 가죽이라는 점인데, 배를 드러내는 경우는 공격할 때를 제외하곤 없다.

트라누스에 물린 용병 하나가 바닥에 내팽개쳐졌다.

그 순간 용병들이 득달같이 달려들어 트라누스의 배를 찔렀다. 하지만, 배를 찔린 트라누스는 거세게 저항하며 양쪽 팔로 용병들을 공격했다.

단 한 방에 나가떨어졌다.

갈비뼈가 부러지고 피를 울컥 쏟아낸다.

하지만, 금세 적응한 기사와 용병들은 트라누스를 손쉽게 제거했다.

상급 마수치고는 상당히 약한 편이다.

보통 열 댓 마리 이상이 몰려다니기 때문에 등급이 상당히 높은 편이다.

그렇다해도 원정대의 피해는 제법 상당했다.

의원들은 발빠르게 움직여 그들을 치료했다.

네로는 트라누스들이 공격해오기 전이 생각났는지 아직 검을 넣지 않고 펜릴과 이민족들을 향해 다가왔다.

"이 새끼들의 목을 당장 쳐야겠다!"

분수도 모르는 네로의 행동을 카를로스가 만류했다.

"혀, 형님! 조금만 참으십쇼. 이민족들을 죽이면 누가 길잡이를 합니까?"

"이것 놔라!"

그들의 행동에 대부분이 눈살을 찌푸렸다.

펜릴도 네로의 행동을 보다가 더 이상 참지 못하고 한마디 툭 내뱉었다.

"더 이상 못 참겠군."

◆

'죽일까.'

어렵지 않은 일이다.

각성은 1초도 안 되는 시간 안에 끝낸다. 이들은 아무도 펜릴이 링커인 걸 모른다. 그들이 놀라는 사이 가볍게 팔만 들어 올리면 심장을 꿰뚫을 수 있다. 그의 옆을 고목나무 매미처럼 붙어있는 클라인까지도 한 수에 끝낼 자신이 있다. 마지막으로 곤조의 발목으로 기사들의 포위망을 유유히 벗어나면 끝이다.

나중에라도 차례차례 모습을 드러내는 기사들을 죽이면 아주 손쉬운 일이다.

기사들이 아무리 강하다 한들, 두 개를 각성한 펜릴에 비하면 조족지혈에 불과하다. 그들의 칼은 펜릴에 것에 비해서 무디고, 방패는 견디지 못할 것이다.

마음만 먹는다면 기사 둘, 셋 정도는 동시에 싸워도 이길 자신이 있었다.

"나도 참을 만큼 참았다."

쫓아오는 기사 모두를 죽여 버리고 유유히 숲속에 거주한다면 아무도 찾을 수 없다.

찾아오면 찾아오는 데로 죽이면 된다.

"뭐, 뭐라?"

네로가 기가 막힌 듯 황당한 표정을 지었다.

"네 이놈! 이분이 어떤 분 인줄 알고!"

주군이 모욕을 당했다고 생각하면 나서지 않는 부하는 없다.

클라인이 그렇다.

상황을 보고 있던 클라인은 트라누스를 잡던 칼을 펜릴에게 들이댔다.

일촉즉발의 상황이 되자 던컨이 펜릴의 뒤로 다가왔다.

그는 펜릴이 링커인 걸 알고 있다.

펜릴이 2차 각성까지 완성했다는 건 모르지만, 그를 자극해서 이 상황이 좋아지지 않는다는 걸 잘 알고 있다. 펜릴이 기사들에게 죽는 것도 보고만 있을 수는 없지만, 만약 펜릴이 네로나 카를로스를 죽이기라도 한다면 정말 돌이킬 수가 없는 상황이 된다.

"정말, 생명의 은인에게 너무하는 구려!"

용병들 사이에서는 대표자는 없다. 그저 각 용병단이 모여서 이뤄졌기 때문이다. 하지만, 던컨은 용병들 사이에 제법 유명하다. 이미 네로에 대한 불만이 폭발 지경까지 왔던 용병들도 던컨을 지지했다. 그간 가지고 있던 분노가 펜릴의 반항으로 같이 폭발해버린 거다.

"끝까지 가 봅시다!"

용병의 숫자도 크게 줄었지만 기사들 숫자만큼은 아니다.

마나연공법으로 단련 된 기사들이라 할지라도 많은 숫자의 용병들과 싸운다면 손쉬운 승리를 점칠 수 없다. 특히나 야영지를 건설하고, 불침번을 서고, 식사를 준비하는 모든 행동은 바로 용병들이 한다. 그들이 없다면 기사들의 피로는 누적되고 적절히 먼저 죽어줄 방패막이도 사라진다.

"형님……."

상황이 팽팽해졌다.

카를로스는 네로를 만류했지만, 네로는 여기서 물러날 수 없다. 그렇다면 평민들에게 그가 얕잡아 보인다.

그때, 적절하게 나선 것이 오르도였다.

"그만하시오!"

오르도의 일갈에 서로를 바라보던 칼날이 밑으로 내려갔다.

"이건 황제폐하께서 직접 내리신 임무요. 모두 명심할 필요가 있을 것이오."

이번 일에 잔뜩 기대를 안고 있는 황제의 임무를 저버릴 수는 없다.

특히, 실패도 아니고 내분이 일어나서 피 튀기는 싸움 끝에 되돌아왔다고 하면 고개를 들 수도 없을 거다.

스르릉- 탁!

네로는 칼을 칼집에 넣고 코웃음을 치며 등을 돌렸다.

"흥. 여기까지다 건방진 놈. 내 목숨을 살려준 대가가 있으니 이만 하지."

잠시 이성을 잃을 뻔한 펜릴이 인상을 구겼다.

'감정을 조절하자.'

상황에 휩쓸려서 좋을 게 없다.

라크였다면 결코 이를 드러내지 않았을 거다.

몸 안에 각인 된 두 마리의 마수는 그저 펜릴에게 피를 요구하는 것뿐이다. 각성을 시키고 상대방을 죽인다면 마수가 원하는 대로 행동하는 거다. 그러면 잠식 속도가 빨라진다.

펜릴은 마음을 진정시키기 위해 마나연공법을 떠올렸다.

"후우!"

한스가 식은땀을 흐르는 이마를 소매로 훔쳐냈다.

그러더니 펜릴을 보고서는 엄지손가락을 치켜세웠다.

펜릴은 그저 씁쓸한 웃음만 지을 뿐이었다.

◆

펜릴은 나무가지를 들어 글자를 적었다. 이민족들이 유심히 그 글자를 쳐다보았다.

-거리, 얼마?

투박한 단어들이지만 못 알아듣는 건 아니다.

이민족들은 세 개의 원을 그렸다.

저 원은 태양을 의미한다. 태양은 하루라는 뜻으로 사용하기도 한다. 원이 세 개라는 건 3일 뒤라는 얘기다. 펜릴은 고개를 살짝 끄덕였다.

그간 원정대는 쉼 없이 달려온 결과 목표물까지 얼마 남지 않았다는 걸 알 수 있었다.

펜릴은 아련한 눈빛으로 뒤를 돌아보았다.

아무래도 길잡이인 자신이 선두에 서있으니 원정대의 꼬리까지가 보인다.

출발할 때만 해도 꼬리가 제법 멀리 있었는데, 이제는 얼마 안 가 반토막이라도 난 것 마냥 사라졌다.

'그래도 얼마 남지 않았다.'

라크와 티라는 이 험난한 길을 헤맸을까.

불사의 초를 구하기 위해서는 그랬을 거다.

몇 년 전 이 길을 그들도 지나갔을지도 모른다는 생각이 든다.

"조금 쉬어야겠다!"

뒤에서 네로가 외쳤다.

제법 오래 걸었나 보다. 하지만, 네로는 조금만 걸어도 쉬자고 투덜거린다.

펜릴은 대놓고 네로를 무시했다.

"쉬자고!"

이쯤 되면 조용해질 만도 한데 오래 걸었나 보다.

어느덧, 해가 지고 있었다.

"통역! 쉬자고 했다!"

네로의 발언이 커지자 용병들이 죄다 펜릴을 쳐다보았다.

펜릴은 애초에 선택권이 없다. 이 사실을 이민족 길잡이에게 얘기해, 그가 적당한 야영지를 찾을 수 있게 도와주는 게 펜릴의 역할이다.

"쉬는 게 좋겠군."

오르도의 말이 있자 펜릴은 나무가지로 바닥에 글자를 적었다.

-휴식, 장소.

길잡이 들이 고개를 끄덕였다. 해가 지기 시작한 이상 더 이상 움직이는 건 쉬운 일이 아니다.

그들은 언제나 그랬듯 적당한 크기의 야영지를 구했다.

용병들은 천막을 치고, 길잡이인 펜릴은 활과 마체테를 점검한 뒤 원정대를 빠져 나온다.

식량을 구하러 자리를 박차고 나선 거다.

짐꾼들이 죽은 이후로는 들고 있던 식량도 줄어들었다.

펜릴은 이민족 길잡이들과 먹을 수 있는 것과 먹지 못할 것들을 구분하여 하나하나 배웠다. 하지만, 검은숲에서는 배운 건 오로지 아는 걸 그대로 믿지 말라는 것만 머릿속에 빙빙 맴돈다.

하루는 똑같이 생기고 맛도 똑같은 과일이 독을 품고 있던 경우도 있었다. 같은 나무에서 자란 열매가 어떤 것에는 독이 있고 어떤 것에는 독이 들어있지 않은 것이다.

펜릴은 그런 것을 구분하는 게 어렵지 않다.

열매를 쪼개고 손등에 올려 살며시 비벼본다. 피부가 벌겋게 달아오르자 지체 없이 그 과일을 버렸다. 펜릴은 그 옆에 과일을 땄다. 이번에도 똑같이 진행했다.

손등에 아무 문제가 없자 펜릴은 조금 강도 높게 진행시켰다.

이번에는 얼굴에 비벼본다.

얼굴에도 큰 문제가 없자 이번에는 입술에 조금 발라봤
다.

그 다음은 잇몸이다.

잇몸까지 큰 문제가 없으면 다음 단계는 먹어보는 것 말
고는 방법이 없다. 펜릴은 그 과일의 귀퉁이를 아삭아삭
씹었다.

스스슥―

펜릴은 호흡을 멈췄다.

마수인줄로만 알았더니 멀찍이서 기사 두 명이 슬그머
니 이쪽으로 다가온다.

펜릴은 원정대와 다소 멀리 떨어진 곳 까지 식량을 구하
러 왔다.

근처에 사람이 있으면 동물들을 보기가 쉽지 않기 때문
이다.

펜릴이 이동한 흔적을 보고 기사들이 쫓아온 모양이다.

그들 눈에 흉흉한 기운이 풍겨온다.

'그러면 그렇지.'

얼굴이 많이 낯이 익다.

클라인 뒤에 붙어 있던 기사다.

네로의 휘하란 말이다.

죽다 살아난 그놈이 다시 태어났다는 건 말도 안 된다.

이쯤 되니 저들의 목적이 확실해 진다.

펜릴은 피식 웃음이 나왔다.

차라리, 잘 된 일이었다.

◆

펜릴이 야영지를 벗어나자 네로의 눈도 같이 움직였다.

"건방진 놈이란 말이야……."

클라인도 네로의 눈을 따라 펜릴의 사라지는 모습을 바라보았다.

네로는 펜릴이 자신을 살려줬다는 생각은 이미 까맣게 잊었다. 그에게 중요한 건 지금 원정대의 분위기가 펜릴로 인해 본질이 흐려지고 있는 거다.

"놈을 죽여."

"알겠습니다, 주군."

그를 보필해야 할 클라인도 굳이 만류할 생각이 없었다.

클라인의 머릿속에도 이미 펜릴에 대한 생각이 가득 차 있었다. 턱짓을 하자 뒤에 있던 기사 둘이 은밀하게 대열을 빠져 나가 숲속으로 사라졌다.

"무슨일이요?"

펜릴은 자신에게 다가온 기사들을 향해 태연하게 물었다.

기사들은 허리춤에서 칼을 조용히 뽑아 들었다.

"주군께서 사냥을 도와주라 이르셨다."

펜릴은 의심 섞인 목소리로 다시 물었다.

"그 작자가 말씀이시오?"

"작자라니! 어디 주군께 그런 말버릇이냐!"

"살려준 은혜도 모르는 벌거숭이 같은 놈 아니오?"

"긴 말이 필요 없겠군."

기사들은 서로 거리를 조금 벌리고 펜릴을 향해 한 발자국씩 다가왔다.

"주군께서는 네놈의 눈을 도려내고, 혀를 잘라내어 개에게 던져주고 싶어 하셨지만 주군을 살려준 은혜를 생각하여 목숨만 취해주겠다."

펜릴은 코웃음을 쳤다.

"걱정 마시오. 내가 당신들의 눈을 도려내고 혀를 잘라내어 네로에게 던져 줄 테니."

"앞뒤 구분 못하는 건방진 녀석이로군. 검을 뽑아라. 적어도 반항은 해봐야 죽을 때 죽더라도 억울하지 않지 않겠느냐?"

양쪽 허리춤에 채어진 마체테를 얘기하는 거다.

펜릴은 마나연공법을 활용하여 전신에 마나를 움직였다.

감각이 깨어나기 시작한다.

'지켜보는 사람은 없다.'

기사들이 보기에 펜릴이 갑자기 이상한 행동을 하기 시작했다.

숨을 고르게 쉬더니 신발을 벗어 던진다.

그리고는 항상 차고 있던 장갑을 벗었다.

기사들은 펜릴의 손등과 발목에 새겨진 문신을 보고 잠시 눈이 흔들렸다.

"리, 링커?"

펜릴이 피식 웃었다.

그 순간 펜릴의 발목 밑으로 괴상한 모양의 발이 생겨난다.

양쪽 손등에서는 각각 칼 한 자루가 뽑아져 나왔다.

"2, 2차 각성!"

각인의 문신을 볼 때 까지만 해도 설마 싶었다.

하나의 각인만 된, 1차 각성 링커도 기사 둘이서 목숨을 걸어야 하는 데 상대방은 무려 두 개를 각인시킨 2차 각성 링커다.

펜릴은 기사들에게 들었던 말을 똑똑히 돌려줬다.

"앞뒤 구분 못하는 기사들이로군. 먼저 덤벼라. 적어도 그럴듯한 반항은 해봐야 죽을 때 죽더라도 억울하지 않겠지."

"뭐, 뭐라?"

몸속에 아드레날린이 분출된다.

키에에엑-

꿰에엑!

'시끄럽다, 새끼들아.'

곤조와 블랙 맨티스가 기분 좋게 울어 댄다.

분명히 오늘 이 녀석들은 펜릴을 잠식시키기 위해 하루 종일 괴롭힐 게 뻔하다.

하지만 기분 좋은 에너지가 몸 안에서 부터 분출된다.

"덤비지 않으면……."

펜릴은 살짝 무릎을 굽혔다.

기사들은 미처 반응도 하지 못했다. 애초에 펜릴이 달고 있는 곤조의 발목에 대해 알고 있는 바가 없다.

"내가 간다!"

쓰콰아앙-

펜릴이 눈 깜짝할 새에 코앞까지 다가온다. 그리고 거침 없이 팔을 휘둘렀다. 기사들은 깜짝 놀라 허둥지둥 칼을 앞으로 내밀었다.

챙, 채엥-

칼이 부르르 떨린다.

기사들의 눈동자가 배는 커졌다.

사람이 저렇게 빨리 움직일 수 있다는 건 들도 보도 못 했다.

'링커?'

강해봤자다.

'그런 편법으로 강해진 놈들이 강해봤자 기사만 못하지.'

이민족과의 전쟁은 종결되었다.

젊은 기사들 중에서는 북방의 이민족들과 싸워본 경험이 있는 자를 눈 씻고 쳐다봐도 없었다.

제국 기사의 콧대는 강하다. 그 콧대를 무너뜨린 이민족의 링커들에 대한 기록은 치욕의 역사다.

기사들이 불운할 뿐이다.

링커들을 조금 더 제대로 알았다면.

조금 더 일찍 태어나 전쟁을 경험했다면.

절대 링커를 얕잡아 보는 일은 없었을 거다.

'이건……'

상상을 초월한다.

펜릴은 링커들 중에서도 드물게 아주 좋은 마나연공법까지 가졌다.

최고라고 평가할 순 없지만, 귀족들이나 가지고 있을 만큼 뛰어난 마나연공법.

그걸 하루도 빼먹지 않고 매일 같이 쌓았다.

순도 높은 마나가 곤조의 발목과 좋은 조화를 이루어내며 엄청난 속도를 냈다.

인간의 굴레를 벗어난 그 놀라운 힘은 치명적인 대가를 줄 만큼 매력적이었다.

펜릴은 검술 따위는 배운 적도 없다.

사냥을 하면서 마수들을 잡으며 몇 번, 생사를 넘기도 했다.

효율적으로 움직이는 법.

펜릴은 그것만을 추구했다.

움직임에도 쓸데없는 에너지 소비가 없어야 하며, 마체테를 쓰는 것도 마찬가지다.

지금은 마체테를 쓰지 않으니 그 무게에서 벗어나 더 빠른 움직임이 가능하다.

변초도 없고 허초도 없다.

그런데 살상력은 최고다.

기사들은 양쪽에서 날아오는 손톱을 보고 이를 악물었다.

"크학!"

긴장의 끈을 놓치는 순간 바로 상처를 입는다.

왼쪽 팔의 반을 파고들었다. 뼈까지 베인 것 같다.

펜릴은 손톱을 쭈욱 뻗었다.

그러자 한 기사의 눈이 완전히 꿰뚫렸다.

"크아아악!"

그 기사는 그대로 뒤로 뒹굴렀다.

약속대로 눈을 도려내고, 혀를 뽑을 심상이었다.

"이, 이, 이놈! 이 괴물 같은 놈!"

1차 각성자 3명이 달려들어도 펜릴을 당해내지 못했다.

그만큼 2차 각성의 힘은 엄청나다.

1차 각성만 해도 기사 이상의 힘을 얻는 데, 그런 자들 셋이 상처하나 입히지 못했던 거다.

고작 기사 둘 따위로는 펜릴과 비교할 수준이 되지 못한다.

펜릴은 달려드는 기사의 다리를 완전히 베어 버렸다.

쿠웅─!

"으아아악!"

기사란 작자가 검을 땅에 내려놓고 베인 다리를 만진다.

펜릴은 그 기사에게 다가가 눈을 도려냈다.

"숲에 오면……."

누가 사냥꾼인지 누가 사냥감인지 그 경계가 모호해진다.

적어도 오늘만큼은 펜릴이 사냥꾼이다.

마수도 아닌, 기사를 잡는 사냥꾼!

펜릴은 각성상태를 해제시켰다.

"너희는 나를 무시했다. 그래서 방심했지. 나를 잡으려면 철저하게 내가 누구인 지 스토커처럼 따라다니며 관찰

했어야 했다."

펜릴이 처음 하급 마수인 샤벨타이거를 잡을 때 무려 일주일을 쫓아 다녔다.

하물며 펜릴은 마수도 아닌 인간이다. 인간은 마수보다도 더욱 능구렁이다.

펜릴은 마체테를 꺼내어 그들의 남은 눈과 혀까지 모두 잘라냈다.

그것으로 그들의 기사생활은 끝이다.

말도 할 수 없고 보이지도 않으니 말이다. 그렇다고 네로가 이들을 구해줄 것 같지도 않았다.

"만약에 살아남는 다면 기사단 전체를 데리고 와야 할 꺼다. 물론, 누가 너희 말을 들을지는 모르겠지만."

"으으……."

펜릴은 두 기사를 죽이지 않고 자리를 떴다.

어차피 남은 저들에게는 지독한 공포만이 남았을 뿐이다.

피를 한 바가지 흘렸기 때문에 오래 버티지 못할 거다.

펜릴은 몸을 작게 떨었다.

각성 상태의 후유증이 그대로 몸에 전달되었다.

'끄응…….'

그 자리에서 주저앉아 잠시 눈을 감았다.

'피로인가?'

링커들은 잠을 오래 자지 못하기 때문에 가끔 쌓아놓은 피로가 폭발할 지경에 이르는 경우가 있다. 여기서 자면 마수의 공격을 그대로 받을 수밖에 없다.

펜릴은 시간이 조금 지나자 자리를 털고 일어났다.

그리고 본래 이곳에 왔던 목적대로 사냥을 하기 위해 돌아다녔다.

'너무 멀리 왔나?'

원정대와 너무 멀리 떨어진 것 같다.

펜릴은 자기가 왔던 흔적을 되짚으며 일단 되돌아갔다.

그런, 펜릴이 표정을 완전히 구기며 주위를 두리번거렸다.

영감에게 사냥기술을 배운 이후로 처음이었다.

"내가 숲에서 길을 잃어?"

◆

"……"

드르륵, 드르륵—

펜릴은 마체테를 꺼내 일정 시간 마다 한 번씩 나무에 칼질을 했다. 해가 졌기 때문에 하늘에 뜬 달과 별을 보고 위치를 파악해야 한다.

'난 달을 등지고 움직였다.'

돌아가려면 달을 보고 움직이면 된다.

펜릴은 잠시 후, 허탈한 표정을 지었다.

"허……."

자신이 표시했던 나무가 눈앞에 보이기 때문이다.

한참을 돌아 다녔다.

이런 밤중에 혼자 돌아다니는 게 좋은 건 아니다.

검은숲에서는 눈으로 보인다고 그대로 받아들여서는 안 된다고 하지만, 자신이 왔던 흔적까지 혼란스럽게 할 줄은 상상도 못했다.

지하에 있는 영감이 펜릴을 보면 비웃을 게 뻔하다.

'침착하자.'

펜릴은 나무들을 하나하나 짚으면서 다시 움직였다.

숲에서 길을 잃는 건 흔한 일이다.

다만 뭐에 홀린 듯 계속 같은 곳을 움직이는 것만큼 두려운 건 없다.

펜릴은 숲이 주는 공포를 아주 잘 알고 있다.

'옳지, 찾았다.'

자신의 흔적을 찾은 게 아니다.

어떤 나무를 봐도 자신이 표시했던 흔적이 없다.

그렇다면 여기는 지금껏 헤맸던 위치가 아니라는 얘기다.

펜릴은 그곳으로 움직이기 시작했다.

저벅저벅-

숲은 금세 펜릴이 내는 발자국 소리로 가득했다.

주변 환경이 점차 익어가기 시작하더니 군데군데 파인 흔적이 보이는 땅이 보인다.

"여긴……."

펜릴이 좀 전에 기사들과 싸웠던 그 장소다.

그런데 두 기사가 보이지 않는다.

죽었거나, 움직였거나 뭐라도 흔적이 있어야 할 텐데 바닥에는 이상한 발자국이 한 가득이다. 발자국 주위로는 핏자국과 함께 살덩이가 보인다.

마치 뭐가 나타나서는 이 주위를 쑥대밭으로 만들어 버리고 사라진 것 같다.

갑자기 가슴이 뛰기 시작한다.

펜릴은 그 자리에서 멈췄다.

이마에 땀 한 방울이 송골송골 맺혔다.

그리고 조심히, 아주 조용하게 전신에서 움직이는 마나를 감각에 집중시켰다.

'뭐지?'

기사들이 내뿜는 느낌이 아니다.

타닥, 타닥-

집중시킨 감각 속에서 무언가 다가오는 소리가 들린다.

타탁!

소리가 중간에 끊겼다.

'놈이 뛰었다!'

펜릴은 순식간에 등을 돌며 무릎에 작은 힘을 주고 그대로 뒤로 날랐다.

크워어엉-!

머리를 두개나 가지고 있는 마수 하나가 펜릴의 등을 노리고 공격을 했다!

퍼어억!

"커헉!"

그 마수는 인정사정 없이 펜릴의 가슴을 때렸다. 등을 돌렸기에 망정이지 꼼짝없이 그대로 당할 뻔 했다.

피가 울컥 입 밖으로 튀어 나간다.

두 자루의 마체테가 동시에 부러졌다.

펜릴은 무려 5미터는 그대로 날아가 바닥에 처박혔다.

머리가 어지럽다.

예전에 웨어울프와의 싸움으로 갈비뼈가 부러졌을 때와 같은 느낌이다.

펜릴은 곧바로 자리를 털고 일어났다. 뒤로 도약을 했기 때문에 충격은 최소화했다. 마체테를 교차하듯이 들며 가슴을 보호했다. 그런데 그 마체테가 온데 간 데 없이 부러졌다. 펜릴은 바닥으로 마체테를 냅다 던지고 블랙 맨티스의 손톱을 각성시켰다.

크워어엉-!

마수는 펜릴을 앞에 두고 울부짖었다.

분명히 몸통은 샤벨타이거 인데 머리가 두 개다. 그런데 각각 머리가 다르다. 하나는 호랑이 같은 데, 나머지 하나는 뱀의 머리다. 호랑이의 몸에 뱀의 머리를 옆에 이어다 붙인 느낌이다.

스르륵, 스르륵-

뱀은 조용히 펜릴을 노려보며 혓바닥을 내밀었다.

그러더니 갑자기 목이 길쭉하게 늘어나 펜릴을 향해 입을 벌렸다.

펜릴이 오른쪽으로 피하자 그 방향으로 호랑이 머리가 달려 든다.

펜릴은 손톱을 있는 그대로 휘둘렀다.

그러자 호랑이머리가 블랙 맨티스의 손톱을 그대로 이빨로 깨물었다.

"뭐, 뭔놈의 이빨이……."

펜릴은 다소 황당했다.

강철도 두부 자르듯 잘라 버리는 손톱이 마수의 이빨 하나를 베지 못한다.

"큭!"

갑자기 작은 고통이 느껴지자 펜릴은 곧바로 입 밖으로 손톱을 뺐다. 손톱에 이빨로 된 구멍이 뚫렸다.

스르륵–!

뱀은 또 다시 펜릴을 향해 공격해오자, 펜릴은 남은 손톱을 휘둘렀다.

"귀찮다!"

호랑이 머리가 뱀을 지켜줄 수는 없었다.

털썩.

손톱에 베인 뱀의 머리가 바닥으로 떨어졌다.

절단면이 깨끗하다.

뱀의 머리만 떨어지면 피가 쏟아져서 어떻게든 시간을 끌면 손쉽게 이길 줄 알았다.

그런데 호랑이 머리는 무심하게 자기 옆에 매달렸던 뱀의 잔재를 그대로 이빨로 뜯어버리더니 꿀꺽 삼킨다.

"뭐 저런⋯⋯."

듣도 보도 못한 마수다.

기본적으로 펜릴은 머리가 둘 달린 마수나 몬스터의 이름을 들어본 적이 있다. 그런 것들 중에서 뱀과 호랑이의 머리를 가진 마수가 있다는 얘기는 들어본 적 없다.

뱀을 죽이고 보니 확실히 알 수 있는 건 저 호랑이가 저 몸의 주인이라는 점이다. 뱀은 그저 호랑이를 보조하는 역할에 지나지 않다.

"놀랍군. 마치 마수가 링커가 된 것 같은데."

인간들 외에 다른 종족이 링커가 됐다는 얘기를 누군가

한테 말해준다면 믿을까?

크워어엉-!

호랑이 머리는 그대로 펜릴을 물어뜯어 죽일 것처럼 달려들었다.

기본적으로 샤벨 타이거는 비교도 하지 못할 만큼 빠른 움직임이다.

펜릴은 필사적으로 몸을 비틀었다.

그러자 샤벨 타이거가 앞발을 들어 펜릴을 찍어 누른다.

펜릴은 마체테 처럼 손톱을 교차해서 그 공격을 막았다.

콰앙!

이번엔 전신에 마나를 둘러 방어력을 극대화했다.

그런데, 손등이 욱신거린다.

얼마나 강한 힘인지 손톱에 금이 갔다.

왼쪽 손톱에는 여전히 구멍이 뚫린 채로 있다.

복구가 될 테지만 그건 몇 시간 뒤다. 지금 당장은 아니다.

이 상태가 계속되면 손톱이 모두 날아간다. 마체테까지 잃은 펜릴에게 더 이상 남은 무기는 딸랑, 활 뿐이다.

활은 이런 빠른 마수를 공격하기에는 적합하지 않다.

펜릴은 무릎에 살짝 힘을 주며 뒤로 빠르게 멀어졌다.

"고, 곤조를 쫓아와?"

호랑이 머리의 발이 얼마나 빠른 지 곤조의 발목힘으로

최선을 다해 뛰어도 손쉽게 쫓아온다.

자세히 보니 다리가 어딘지 모르게 이상하다.

호랑이라고 생각되지 않을 만큼 다리모양이 이질적이다.

목에 뱀의 머리를 달아 놓은 것도 그렇고, 다리가 다른 것도 그렇고 정말 보면 볼수록 링커와 닮았다.

'녀석이 샤벨타이거와 크게 다른 것은 그저 빠르고 강력하다는 거다. 아무리 뛰어나도 머리는 샤벨타이거일 뿐이야.'

4다리를 가진 마수의 공격은 사실 뻔할 뻔자다.

빠르고 강한 모습에 위축되었을 뿐이지, 공격 사이사이에 벌어지는 틈은 어디서나 존재한다.

펜릴은 인상을 찡그렸다.

블랙 맨티스가 아픈 모양이다.

골이 울릴 정도로 시끄럽게 울어 댄다.

'조용해라.'

펜릴의 말 한 마디에 블랙 맨티스가 입을 다물었다.

그러자 곤조가 마치 블랙 맨티스를 비웃는 것 처럼 또다시 웃어 댄다.

'너도.'

사방이 조용해진다.

오로지 펜릴과 호랑이 머리 마수 뿐이다.

이럴 때 마나연공법은 참 도움이 된다. 흥분이 되고, 아드레날린이 폭발할 것 같고, 두려움에 빠져도 이 마나라는 놈은 참으로 신기하게도 상태를 냉정하게 뒤바꿔버린다.

펜릴은 앞발을 가볍게 피해냈다. 그러자 호랑이 머리가 착지하고 다시 도약한다.

펜릴은 고개를 숙이고 안쪽으로 파고들어 턱을 향해 그대로 위로 찍었다.

케엥.

펜릴은 더욱 깊숙하게 찔렀다.

턱을 관통하여 입천장을 뚫고 뇌까지 파고든다.

호랑이 머리의 눈빛이 빛을 잃었다.

상대할 줄만 알면 손쉬운 녀석이다.

다만, 마나연공법으로 시력을 극대화시키지 않았다면 놈의 공격을 피하기는 어려웠을 거다.

펜릴은 옆으로 시체를 내팽개치고 주변에 가장 높은 나무로 뛰어 올라갔다.

'이상한 곳이야.'

흔적을 믿는다면, 길을 잃기 쉽다.

차라리 높은 곳에서 부터 아래로 내려다보며 길을 찾아 나설 생각이다.

"으응?"

나무 위로 올라서자 하늘이 어딘가 모르게 이상하다.

아래서 볼 때는 몰랐는데, 마치 바람이 눈으로 보이는

듯 물결이 요동친다. 하늘 전부가 그런 것이 아니라 일부
만 그렇다.

펜릴은 나무가지를 살짝 밟고 그곳으로 도약했다.

그곳을 자세히 보고싶어서 호기심에 한 행동이다.

무려 5미터가 넘는 높이지만, 곤조의 발목힘은 그것을
가능케 했다.

지상에서는 거의 30미터 이상을 도약해 있는 상태다.

그 높이까지 다다르자 무언가 이질적인 느낌과 함께 그
물결이 사라졌다.

"이크!"

펜릴은 나무가지를 잡고 안전하게 나무 위에 안착했다.

마수한테 맞은 가슴부위가 아직도 욱신거린다.

눈쌀을 살짝 찌푸린 펜릴의 눈에 작은 불빛이 보였다.

원정대의 야영지다.

좀 전 까지는 보이지 않던 곳이다.

'찾았다.'

◆

퍽!

"어이쿠!"

네로의 발차기에 클라인이 뒤로 나뒹굴었다.

피하려고 하면 못 피할 것도 없다.

하지만, 피하면 네로가 어떻게 화를 낼지 상상도 가지 않는다. 지켜보던 기사들의 얼굴이 마치 똥이라도 씹은 것마냥 변했다.

어떤 귀족도 기사들을 이런식으로 다루지 않는다. 특히나 그 기사가 기사들을 이끄는 단장이라면 더더욱 말이다.

"대체 어떤 식으로 일을 했기에 저놈이 저렇게 눈을 부릅뜨고 돌아다닌단 말이냐!"

"죄, 죄송합니다."

클라인도 어찌 된 영문인지 제대로 알 수가 없었다.

알고 싶어도 보냈던 기사들이 돌아오질 않았다.

오히려 죽었을 거라 생각한 펜릴이 잘도 돌아다닌다.

펜릴은 숲으로 갔을 때와 돌아왔을 때가 조금 달라진 모습이다. 어딘지 모르게 지쳐 보이기도 했고, 표정이 좋아 보이지도 않는다. 항상 허리춤에는 매달고 있던 마체테는 안 보인다.

뭔가 치열한 혈투를 벌였던 흔적이다. 그런데, 그것 말고는 딱히 없다.

'당사자에게 물어볼 수도 없고…….'

답답한건 클라인도 마찬가지다.

"수, 수하들이 돌아온다면."

"멍청한놈! 저놈의 행동거지를 보면 다소 부상을 입었다는 걸 어린아이가 봐도 알 수 있겠구나! 저놈이 멧돼지에 치었겠느냐?"

죽은거다. 펜릴한테.

클라인의 표정이 딱딱하게 굳어졌다.

기사 한 명 키우는 데 막대한 돈이 소모된다.

그만큼 병사들로써는 상상도 하지 못할 강력한 무력을 사용하는 인간이 만들어 진다. 그런데, 한 놈도 아니고 둘이나 짐이나 나르는 놈 하나 못 죽인다는 게 있을 수 없는 일이다.

기사들이 아까워서 그런 게 아니다.

치욕스러워서 그런 거다.

"다, 다시 한다면……."

"다시?"

네로의 눈썹이 휘말렸다.

클라인은 자세를 다시 잡고 말했다.

"예, 다시 한다면 가능합니다."

"네놈의 머리는 오크 대가리냐?"

"예?"

"내가 저놈을 죽이려고 했던 걸 뻔히 아는데, 저놈이 다시 나가겠냐 이 말이다!"

퍽!

다시 한 번 네로의 발차기에 클라인이 뒤로 데굴데굴 굴러갔다.

클라인은 벌떡 일어나 다시 네로 앞에 와 무릎을 꿇었다.

"죄송합니다, 주, 주군!"

"당장 꺼져라! 이 병신 같은 새끼들."

"이, 이만 물러나겠습니다."

그 말이 떨어지자 황급히 클라인을 시작으로 기사들이 우르르 나갔다. 네로는 분이 풀리지 않는 듯 주먹을 움켜쥐고 부들부들 떨었다.

"방법이 없겠느냐?"

네로는 한쪽을 쳐다보았다.

팔짱을 끼고 상황을 지켜보던 카를로스는 고개를 내저었다.

"형님, 일단은 놈이 방심할 때 까지 기다리는 게 좋을 것 같습니다."

네로가 표정을 와락 구겼다.

"네놈도 그런 고리타분한 소리를 한단 말이냐?"

"지금 죽일 필요야 있겠습니까? 놈이 우연이든 아니든 간에 기사들이 지금까지 돌아오지 않는다면, 필시 놈과 연관이 있는 건 분명합니다. 불사의 초를 찾고 천천히 죽여도 좋습니다. 오르도와 함께 말이죠."

카를로스는 침착하게 대응했다.

자신도 네로에게 말려 기사들을 잃고 싶지는 않았다.

이미 소중한 기사들을 잃을 만큼 잃었다.

"제장……."

네로는 천막 밖에 조용히 모닥불을 떼고 있는 펜릴을 시선에 두었다.

◆

"그게 정말이에요?"

"그래, 내가 길을 잃었을 정도니까."

펜릴은 숲에서 헤맸던 이야기를 꺼냈다.

물론, 기사들과 싸웠다는 얘기는 쏙 빼고 말이다.

굳이 이들을 자극시킬 필요는 없었다.

벨은 곰곰이 생각하더니 입을 열었다.

"제 생각이 맞는다면 형이 겪은 건 마법의 일종일 수 있어요. 환각마법 같은 거요."

"환각마법?"

펜릴은 마법에 대해 자세히 아는 게 없다.

"상대방의 정신을 조종하여 무력화 시키는 마법들 중 하나에요."

"그걸 먼 거리에서도 할 수 있나?"

"아뇨, 하지만 사물에 걸어서 대신 사용하게 할 수는 있어요. 예를 들면 나무라던가 바위라던가. 하지만, 그 정도면 엄청난 고위급 마법인데……."

마법진을 이용하면 마법을 대신 사용할 수 있다.

하지만, 벨 말대로 고위급 마법이다.

그걸 아무나 사용할 수 있었다면 이 세상은 이미 마법사들이 지배했을 거다.

"환각마법은 아니었던 것 같은데."

"왜요?"

펜릴은 좀 더 구체적으로 설명을 해주었다. 벨은 품 안에서 엄청난 두께의 책을 꺼냈다. 그 모습에 한스가 벌써부터 질린다는 듯 고개를 돌렸다.

"그렇다면 환각 마법은 아니에요. 얘기만 들어보면 펜릴형 한테만 건 것이 아니라 일정 구역 자체를 완전히 뒤바꿨다는 건데, 그런 마법은 음……."

벨이 책을 한참을 뒤적거렸다.

그러더니 딱 잘라 말했다.

"마법의 영역이 아니에요."

한스가 물었다.

"마법으로 못하는 것도 있어?"

"이 세상에는 사실 우리가 알지 못하는 힘들이 많아. 대중적으로 사용하는 기사들의 마나연공법을 비롯해서, 나와 같은 마법사들은 그냥 대륙내에서 문명국가들이 인정한 기술에 불과해. 그 외의 힘으로는 대표적으로 링크가 있어."

그러면서 벨은 펜릴을 쳐다보았다.

링크가 알려진 것도 오랜 시간이 아니다.

제국이 북방의 이민족들과 싸우지 않았다면, 링크라는 기술은 그냥 이민족들의 고유 기술이었을 뿐이다.

북방의 이민족들을 비롯하여 여러 부족들, 여러 다른 국가들은 기사나 마법사 외에도 신비한 힘을 사용하기도 한다.

"여태까지 알려진 그런 힘은 아니란 소리야. 그래서 나도 아는 게 없어."

"음……."

펜릴이 심각하게 표정을 짓자 한스가 옆으로 다가와 어깨를 두들겼다.

"뭐, 고민할 거 있수? 그냥 검은숲이다! 싶으니 그런 거지. 별 걱정할 건 없을 거요."

한스의 위로가 마음에 와 닿지는 않는다.

벨의 말대로 아직 알려지지 않은 힘은 너무나도 많다.

그저 검과 마법은 대중적으로 알려진 것뿐이다.

펜릴은 불안한 기색을 숨기지 않았다.

두 눈에서 흉흉한 빛이 쏟아진다.

지팡이로 땅을 짚고 다닐 정도로 허리를 굽힌 노인이 검은숲을 홀로 다닌다.

노인을 노리는 마수들이 많다. 그런데, 마수들이 노인을 섣불리 공격하지 못했다.

노인은 걸음을 멈추고 한 시체 앞에 다가섰다.

호랑이 머리를 한 마수가 머리가 뚫린 채로 쓰러져있다.

"뭐하느냐? 어서 일어나거라, 낄낄."

노인이 지팡이로 시체를 콕콕 찌른다.

그러자 놀라운 일이 벌어졌다.

호랑이 머리의 눈빛이 돌아오고, 목에서는 다시 뱀의 머리가 자라났다.

상처는 빠르게 수복되고 마수가 긴 잠에서 일어난 듯 기지개를 쭈욱 폈다.

크워엉-

"네놈이 잊지 않았구나. 그래, 너는 죽지 않는다. 죽지 않는단 말이다."

노인은 호랑이 머리를 쓰다듬더니 등 위에 올라탔다.

"오늘은 신기한 날이구나. 네놈을 쓰러뜨릴 정도로 강한 녀석이 제국놈 중에 있다니 말이다. 흘흘, 주술까지 깨고 나갈 줄은 몰랐어."

크워엉-

호랑이 머리는 다소 두려운 듯 몸을 부들부들 떨었다.

"가자! 집으로."

호랑이 머리와 노인은 금세 어둠속으로 사라졌다.

몬스터 링크

monster link

붉은나무

NEO FANTASY STORY

붉은나무
monster link

"저기다."

원정대는 저절로 이민족 길잡이의 손가락 끝으로 시선을 따라갔다. 지평선 끝에 하늘과 맞닿을 정도로 거대한 나무 하나가 있었다.

이민족 언어를 몰라도 손짓 하나만으로 이미 그 뜻을 충분히 내포하고 있었다.

"와……."

나무를 지켜보는 원정대의 입에서 감탄사가 튀어 나왔다.

지금까지 검은숲에서 보았던 것이라고는 오로지 검정색 나무뿐이었다. 그런데 저 나무는 유일하게 붉게 빛나고 있었다. 마치 가을이 온 듯한 착각을 불러 일으켰다.

"저곳에 불사의 초가……."

갑자기 원정대원들의 얼굴에 탐욕이 물들었다.

용병들은 돈 때문이기도 했지만, 처음에 귀족들이 약속했던 불사의 초에 대한 소유권을 가지고 있었다. 일단 저것을 가지고 팔기만 해도 엄청난 부자가 될 수 있다. 또한 영원한 생명까지도 얻을 수 있다.

헛소문이라고만 치부되었던 불사의 초가 눈앞에 위치하게 되니 그간 있었던 고생과 역경은 한 순간에 사라졌다.

"자자, 다들 빨리 갑시다."

한스가 용병단을 이끌고 발걸음을 서둘렀다.

그간 없던 힘도 갑자기 솟아올랐다.

"죽어라!"

그때, 갑자기 네로가 외침과 동시에 펜릴의 눈앞에서 이민족 길잡이 하나가 검에 꿰뚫렸다.

"무, 무슨……."

길잡이는 눈을 동그랗게 뜨더니 뒤를 돌아보며 네로를 바라보았다.

"저놈도 죽여!"

네로의 외침에 클라인이 번개 같은 속도로 남은 이민족 길잡이의 목을 날려버렸다. 순식간에 일어난 일이나 원정대 전체가 얼어붙었다.

안전하게 이곳까지 안내를 해왔던 이민족들이 비참하게 바닥으로 쓰러졌다.

펜릴은 쓰러진 이민족을 붙잡았다. 그는 피를 왈칵 쏟아내더니 몸을 부르르 떨기 시작했다.

"이, 이게 대체 무슨 일이요!"

펜릴이 네로를 쳐다보았다.

"흥! 이제 불사의 초를 발견했으니 놈들은 필요 없다."

"고작 그런 이유로 사람을 죽인단 말이요?"

"더 한 이유가 필요하느냐? 난 그놈 때문에 죽을 뻔했다. 그것만으로 그놈들을 죽일 이유는 충분하다!"

물을 잘못 마셔 고생했던 경험을 떠올린 거다.

오히려 길잡이의 말을 무시하고 위험을 자초했던 자신의 행동은 까맣게 잊고 있었다. 길잡이가 적절한 해독제를 찾아내지 못했다면 놈은 그곳에서 절명했을 거다.

길잡이들이 죽어서 누군가 분노를 느끼는 건 아니다. 그들과 꾸준히 이야기를 나누는 자는 펜릴 말고는 거의 없었다. 하지만, 언제든지 필요가 없다면 죽일 수 있는 귀족의 권위에 원정대 전체에 두려움을 확산시킨다.

"이게 대체 무슨 일인가?"

오르도가 눈썹을 살짝 휘었다.

"놈들이 길을 잘못 안내했소. 우리의 피해가 막심해서 책임을 물은 것 뿐이오."

"당사자들의 말도 듣지 않고 목을 날리는 게 물어본 행위라 할 수 있겠나."

"뭐, 들을 필요 있소? 어차피 알아듣지도 못하는 데. 당신의 기사들도 피해가 막심한 것으로 알고 있소. 대신 내가 책임을 물어준 거니 고맙게 생각하시오, 자작."

"돌아가는 길은 알고서 한 행동인가?"

길을 지금까지 안내한 것은 길잡이들이다. 그들이 없이는 돌아갈 수도 없다.

"카를로스!"

"여기 있습니다, 형님."

네로의 외침에 옆에 있던 카를로스가 지도 한 장을 꺼내들었다. 네로는 지도를 낚아채더니 오르도에게 보여주었다.

"자작이 뒤에서 놀고 있을 때 나와 내 기사들이 노력하여 만든 지도요. 걱정마시오. 지금이라도 집에 돌아가고 싶으면 언제든지 지도를 줄 테니 말이오. 하하하! 자, 가자!"

당장이라도 손에 잡힐 것 처럼 가까운 붉은나무를 향해 네로가 뛰어갔다.

이러지도 못하고 저러지도 못하는 이 상황에서 용병들도 혼란스러움을 겪었다.

펜릴은 고개를 내리며 길잡이를 쳐다보았다.

눈은 생기를 잃었고 찔린 부위가 워낙 중요한 내장이라 소생할 가능성은 전무하다. 그에게 허락된 시간은 얼마 되지 않는 것 같았다.

사라진 카를로스와 네로의 기사들을 제외하고는 절망스러운 이민족의 마지막에 다들 고개를 돌렸다.

이들과 오랜 시간을 지낸 것도 아니지만, 펜릴은 입안 한 구석 어딘가가 씁쓸했다.

툭!

이민족은 더 이상 버티지 못하고 그대로 죽음을 맞이했다.

손을 바닥에 내려놓은 모습이 어딘지 모르게 이상하다.

펜릴은 조심스레 손을 치웠다.

◆

다시 출발한 오르도와 용병들은 얼마 지나지 않아 네로를 발견했다. 네로는 붉은나무와 상당한 거리를 두고 서있었다.

"하핫! 꽁무니를 뺄 생각은 없었소?"

뒤이어 나타난 용병들과 오르도를 보고 네로가 비아냥거렸다.

아무리 표정변화가 없고 어떤 상황에 처해도 냉정했던 오르도도 네로의 행동에 분노를 느끼고 있음을 분위기에서 느낄 수 있었다.

"여기서 뭐하는 건가?"

오르도가 묻자, 네로가 손가락으로 아래를 가리켰다.

붉은 나무로 가기 위해서는 작은 절벽을 내려가야 하는데, 그 절벽 밑에는 놀 무리들이 있었다. 하지만, 놀이라고 하기에는 털 색깔이 붉었다.

하나의 군락을 이루고 있는 데 숫자가 상당하다.

언뜻 보기에 숫자만 50마리가 넘었다.

"절벽을 돌아가는 게 좋겠군."

오르도의 얘기에 네로가 고개를 내저었다.

"그럴 필요 없소. 어차피 놀 무리일 뿐이니. 용병들을 먼저 보내고 뒤이어 기사들이 돌파를 하면 놀 무리쯤은 손쉬운 상대들이지. 굳이 돌아가서 시간을 낭비할 필요 있겠소?"

그 얘기에 던컨이 얼굴을 굳혔다.

놀이 아무리 약하다고 해도 명백한 중급 마수다. 물론, 힘은 하급 마수 수준에 지나지 않지만 군락을 이루고 있는 그들의 힘은 강력하다.

먼저 용병들이 선봉을 선다면 피해가 막심할 것이다.

이건 그냥 적당히 눈속임만 하다가 죽으라는 얘기다.

"그게 우리보고 죽으라는 소리 아니면 대체 뭡니까?"

"뭔가 착각하고 있군. 용병들 역할이 이런 곳에 쓰기 위함이다. 내가 고용주니 적당히 말을 듣는 게 좋을 거다."

"아무리 돈이 좋다고 해도 목숨보다 소중하진 않소."

"고용주의 말을 따르지 않겠다는 얘긴가?"

"납득이 되지 않으니 하는 얘기요! 뻔히 살아서 갈 수 있는 걸 왜 위험을 자초한 단 말이오!"

네로는 팔짱을 끼고 코웃음을 쳤다.

"너희들보다 이곳에 먼저 와서 이미 정찰을 끝냈다! 저 놈을 지나치지 않고 간다면 상당부분 돌아가야 한다. 난 이 숲이 지긋지긋하다! 손쉽게 끝내고 돌아가면 될 일이다. 고작 놈 따위가 우리를 어떻게 할 수는 없을 것이다."

말이 통하지 않는다.

그래서 귀족들을 꽉 막힌 놈들이라 부른다.

어떻게 할 수 없다는 건 희망적인 얘기일 뿐이다.

영역을 침범한 인간들을 용서할리가 없다.

치열하게 싸우다보면 아무리 놈이라도 피해가 나올 수밖에 없다.

차라리 압도적인 힘으로 기사들이 나서서 굴복시키는 게 더 빠를 수 있다.

"미안하지만, 난 그럴 수 없겠소."

"그렇다면 네놈도 이곳에서 송장으로 만들어주지."

네로는 이미 칼을 뽑아 들었다.

던컨의 눈빛이 흔들린다.

여기서 일전을 각오한다면 용병들은 몰살을 당한다.

물론, 기사들도 피해가 갈 수 있지만 이들의 목적은 생존이지 내분이 아니다.

이미 이민족 길잡이가 네로의 손에 죽었다. 필요 없다고 판단되면 네로는 무슨 짓이든 할 놈이다.

"싸우지 않고 시선만 끌겠소. 그때 기사들을 동원한다면 쉽게 이길 수 있소."

던컨이 한 발 물러났다.

"좋다! 그렇게 해라."

네로는 칼을 내렸다.

그러고서는 오르도를 향해 물었다.

"자작께서는 어찌하실 생각이시오?"

"용병들과 같이 시선을 끌지."

"흥! 마음대로."

네로가 코웃음을 치지만 피식 다시 웃었다.

알아서 오르도가 위험을 자초하겠다는 데, 웃음이 나올 수밖에 없다.

그 와중에 펜릴은 절벽 위에서 놀들을 쳐다보았다.

하얀색도 아닌 붉은색 털은 어딘지 모르게 이상했다.

'저 나무의 영향을 받은 건가?'

검은숲에 유일한 붉은나무.

어딘지 모르게 불안한 마음이 들었다.

◆

오르도는 절벽위에 서서 놀을 내려다보았다.

이 작전에서 가장 중요한 건 놀을 죽이는 게 아니다.

붉은나무까지 안전하게 도착하여 불사의 초를 취하는 거다.

"그러고 보니 불사의 초가 어떻게 생겨먹은 건지 전혀 모르겠군."

하필이면, 그것을 얘기해줄 수 있는 유일한 자들을 네로가 죽여 버렸다. 괜히 엄한 것을 가져가지 않으려면 이리 저리 붉은나무에 대해 어느 정도 시간을 두고 조사를 해야 한다.

이러나저러나 결국 피해는 발생할 수밖에 없다.

"어떻게 하는 게 좋겠습니까?"

용병들이 오르도 주위로 몰렸다.

오르도는 과거에 전쟁시에 여러 번 용병들을 지휘해본 경험이 있었다.

확실히 용병들은 기사들이나 병사들과는 차이가 있다.

정형화된 군대에 비해 용병들은 흔히들 말하는 '막싸움'에 강하다.

비록 무력은 기사들에 비할 바가 되지 못하지만, 이건 이것대로 장점이 있다.

"절벽을 빠르게 내려가 놈들을 샌드위치처럼 포위할 수 있게 만드는 게 좋겠지."

작전은 실로 간단하다.

먼저 오르도의 기사들과 용병들이 진입하여 놈들의 등을 뒤이어 나타난 카를로스와 네로의 기사들이 공격할 수 있게 위치를 조정해주면 된다.

놈들을 죽이라는 게 아니다. 버티라는 거다. 버티면 승리한다.

기사들도 용병들도 이 작전의 의미를 알고 있다.

오르도는 용병들의 성향을 고려하여 쉬운 작전을 위주로 생각했다. 분명한 건 용병들과 기사들의 작전이해도는 차이가 난다. 전쟁에 막 참여한 초보 지휘자들이 가장 큰 실수는 바로 용병들에게서 일어난다. 귀족들이라고 아무나 전쟁에 참여하거나 하지 않는다. 일정 시간 이상의 군사학교를 다니고 수료를 하면 군인 신분으로 전쟁에 파견된다.

하지만, 군사학교에서 배운 지휘는 실전과 큰 차이를 보인다.

기사들은 명령을 받고 작전을 수행하는 것에 있어서 큰 무리가 없지만 용병들은 다르다. 용병들은 명령을 받는 것부터가 익숙하지 않고 작전수행이해도 자체가 크게 떨어진다. 평상시에 작전을 하지 않기 때문이다.

용병들에게 작전을 설명할 때는, 작전 뿐만 아니라 이 작전의 목적과 이유를 설득시켜야 한다.

귀찮더라도 그렇게 해야 용병들이 진심으로 따른다.

"알겠습니다."

용병들은 고개를 끄덕이며 납득했다.

던컨처럼 경험이 많은 용병들이 제일 먼저 이해를 하고 나중에 다시 용병들에게 설명을 해준다. 베테랑의 여유와 존재 이유다.

"우리가 해야 할 일은 그것뿐이다. 어떤 방식을 사용해서 살아남으면 된다."

오르도는 그 말을 끝으로 용병들 얼굴을 천천히 살폈다.

그런데, 살아남은 길드의 인원들이 조금 애매해졌다.

처음에 올 때와 달리 이제 두 손으로 셀 수 있을 정도로 숫자가 줄었다. 길드장은 말을 잃었고, 그저 하루 빨리 돌아가길 원할 뿐이다. 짐꾼들도 크게 도움이 되는 역할은 없다.

"여기 남으면 좋을 게 없다. 우리를 따라와라."

"네, 자작님."

길드장이 고개를 끄덕였다.

놀은 강한 마수가 아니다.

기사들과 용병들로 충분히 이길 수 있다.

하지만, 짐꾼이나 길드장 같은 사람들한테는 아니다. 놀의 몽둥이가 살인 흉기와 다를 게 없다. 괜히 진열을 이탈한 놀들의 공격을 받거나 혹은 이곳 어딘가에서 어슬렁거리던 마수들에 눈에 띄는 것은 최악의 결과를 만들어 낸다.

"펜릴은 활을 써서 아군을 보호해라."

이 와중에 활을 들고 있는 건 펜릴 뿐이다.

마체테도 부러진 마당에 전방에 나서서 싸우고 싶은 마음은 더더욱 없었다. 물론, 필요하면 싸우겠지만 그러면 각성을 해야 한다. 각성을 하면 잠식 속도가 빨라진다. 펜릴은 그것만큼은 사양하고 싶었다.

"알겠습니다."

그 뒤에는 간단하게 위치를 지정했다.

기사들과 용병들이 섞여서 섰다. 그래야 한쪽으로 전력이 치우치지 않기 때문이다.

오르도는 검을 빼들며 외쳤다.

"돌격!"

"와아아!"

오르도의 기사들과 용병들이 먼지바람을 일으키며 절벽을 내려갔다. 절벽은 높지 않다. 성인 남성이라면 어렵지 않게 내려갈 수 있다.

시끄러운 소리를 내며 가는 건 놀들의 이목을 끌기 위해서다.

때 아닌 인간들의 습격에 놀들이 뛰쳐나왔다.

한 손에는 몽둥이를 하나씩 가지고 있는 데, 가까이 다가가니 놀들의 크기가 그간 보아오던 놀들과 비교할 때 굉장히 컸다.

"뚫어라!"

오르도는 일단 측면을 파고들었다.

한 가운데 보다는 아무래도 측면이 파고들기 쉽다.

몽둥이를 들어 올린 붉은 놀이 기사의 머리를 향해 내리쳤다.

기사는 몽둥이를 자르고 단숨에 놀의 목을 취하려 했다.

그런데, 놀랍게도 몽둥이가 기사의 검을 두 동강 내고 투구를 쓴 기사의 두개골을 박살냈다.

"크허억……."

정말이지 엄청난 괴력이었다.

몽둥이는 검과 부딪힌 흔적조차 나지 않았다.

예상치 못하게 기사가 죽었지만, 그들은 모두 보는 채도 하지 않았다. 중요한 건 지금 임무다. 여기서 감성적으로 변하는 순간 대열은 흩트려 지고 놀의 다음 희생자가 본인이 될 수 있다.

"놀들을 밀어라!"

점이 되어 한쪽을 밀어 버리니 놀들이 버티지 못하고 뒤로 주춤주춤 물러났다.

"됐다!"

측면이 뚫리자 오르도와 용병들은 순식간에 놀들의 뒤를 점령했다. 놀들은 오르도와 용병들을 보기 위해 등을 돌렸다.

"진영을 퍼트려라!"

오르도의 말이 있고 나자 점이었던 대열이 순식간에 선으로 변했다.

"우와아아!"

이번에는 절벽 위에서 네로와 카를로스가 내려왔다.

"공격하라!"

놀들의 이목이 쏠린 사이 나타난 네로와 카를로스의 기사들 때문에 놀들의 피해가 막심했다. 하지만, 인간들의 피해도 없는 건 아니었다.

"싸움은 적당히 하고, 붉은 나무쪽으로 이동한다!"

오르도의 말에 용병들과 기사들이 뒤로 주춤주춤 물러났다.

펜릴은 안전하게 뒤에서 시위를 걸고 화살을 쏘았다.

죽는 건 그의 역할이 아니다. 앞에서 해줘야 할 일이다.

하지만, 맡은 일을 확실하게 해준다.

놀들의 팔을 목표로 삼는다. 심장도 공격해 보기도 했지만 단단한 갈비뼈가 심장을 보호한다. 두개골도 마찬가지다.

보통의 놀과는 차원이 다르다.

검은숲은 검은숲 다웠다.

펜릴은 그 뒤로는 머리나 심장을 노리는 행위는 일체 하지 않았다. 시야를 뺏거나 무기를 들지 못하게 하는 역할로 충분하다. 하지만, 펜릴이 아무리 궁술이 좋아도 움직이는 놀의 눈을 정확하게 공격하는 게 쉽지는 않다.

차라리 범위가 넓은 어깨나 팔을 공격하는 게 옳다.

그런데 그때, 붉은나무가 가까워지자 네로가 이상행동을 했다.

"진열을 이탈해라! 불사의 초가 눈앞에 있다!"

네로는 자신의 휘하 기사들과 카를로스를 데리고 샌드위치처럼 구성된 진열을 이탈했다. 그러자 뒤가 훤히 비었다. 그들은 점조직으로 변해 측면을 돌파했다.

"미, 미친……"

저들의 행동으로 놀들은 여유가 생긴다. 온전히 용병들과 오르도가 맡아야 된다는 거다.

그런데, 그때 네로와 카를로스가 움직임을 멈췄다.

갑자기 눈앞으로 불쑥 불의 장벽 하나가 만들어 진거다.

화르륵, 활활–

"이, 이게 대체 뭐하는 짓이야!"

네로가 오르도를 쳐다보았다.

불의 장벽 때문에 넘어갈 수가 없다. 오히려 이러지도 못하고 저러지도 못하는 상태가 되었다. 하필이면 놈들이 같이 불의 장벽 안에 갇히게 된 셈이다.

오르도는 검은숲에 와서 처음으로 웃었다.

그는 바보가 아니다.

네로의 이런 행동은 이미 이전에 대처하고 있었다. 네로와 카를로스가 진심으로 기사들과 함께 싸운다면 별 상관은 없었지만 그들이 진열을 이탈할 것을 생각하여 대비책을 세워두었다.

"흐흐, 좋았어."

한스가 등 뒤에 있는 벨을 바라보며 머리를 헝그러뜨렸다.

마법사들의 숫자는 적다. 하지만, 용병들 중 몇몇은 분명히 마법사로 참가했다.

벨도 그런 마법사 중 하나다.

불의 장벽, 파이어 월은 마법 경력이 10년 정도가 되면 누구나 사용할 수 있는 마법이다. 그런데 이 불이 조금 생각과 다르다. 자연이 아닌, 마나를 이용하여 만든 불이기 때문에 한 번 붙으면 쉽게 꺼지지 않는다.

불의 장벽을 넘는 거야 어렵지 않은 일이지만, 몸에 불이 붙어 화상을 입을 수밖에 없다.

그 불의 장벽으로 오히려 용병들과 오르도 기사들에게 조금 유리하게 진영을 바꿔놨다. 이제 카를로스와 네로는 꼼짝없이 싸울 수밖에 없었다.

오르도는 싸움이 시작하기 전에 은근슬쩍 마법사들을 불러 모아 이 같은 방법을 일러두었다.

동료들이 죽어가는 마당에 마법을 쓰지 않고 기다리는 것은 죽을 맛이었지만, 생각대로 네로와 카를로스의 배신으로 활약할 수 있는 기회가 생겼다.

오르도는 네로를 향해 천천히 입을 열었다.

"싸우지 않고 시선만 끄시오. 그때 기사들을 동원한다면 쉽게 이길 수 있을 테니."

네로의 표정은 똥이라도 먹은 것 마냥 구겨졌다.

◆

붉은 놀의 무리는 강했다.

놀 한 마리의 힘이 기사 한 명을 손쉽게 이겼다.

놀라운 얘기다.

중급 마수로 분류되어있지만 각각의 힘은 하급에 불과하다.

숙련된 용병들이라면 놀을 이기는 건 아주 손쉽다.

그런데, 기사를 이기다니.

몽둥이 재질조차도 놀라웠다. 철로 만들어진 검을 두동강을 낸다. 단순한 나무가 아니다. 이 나무로 목검을 빚는다면 훌륭한 검이 될 거다.

네로와 카를로스는 그런 놀을 상대로 죽기 살기로 싸웠다.

불의 장벽이 사라지자 그때부터 오르도와 용병들이 참여했다.

그때까지는 온전히 네로와 카를로스의 기사들이 버티는 수밖에 없었다.

"비, 빌어먹을."

네로와 카를로스는 놀을 물리치고 주위를 둘러보았다.

익숙한 얼굴들이 주검이 되어 누워있다.

용병들과 오르도의 피해는 심하지 않았다.

하지만, 네로와 카를로스의 피해는 심각했다.

이러면 순식간에 전력의 차이가 생길 수밖에 없다.

지금까지는 네로와 카를로스가 용병들을 계약으로 협박하면 적어도 오르도 정도는 손쉽게 제거할 수 있었다. 그런데, 막판에 불사의 초 앞에서 전력을 상실해버렸다. 이제 용병들을 이용한다고 해도 오르도의 기사들을 피해 없이 제거한다는 건 불가능하다.

피를 흠뻑 뒤집어 쓴 네로는 그 길로 오르도에게 달려갔다.

"대체 이게 뭐하자는 수작이야."

"말을 함부로 하지 마시오. 공작은 당신이 아니라, 당신의 아버지요."

오르도는 아직 칼을 칼집에 넣지 않았다.

"으으……."

네로는 몸을 작게 떨었다.

오르도는 평민 출신으로 귀족이 된 경우다.

역사를 뒤져봐도 그런 경우는 많지 않다.

실력이 형편이 없었다면 그는 전쟁에서 살아남지도 못했을 거고 귀족까지 신분전환이 가능했을 리가 없다.

뿐만 아니라 오르도의 기사들은 오르도와 함께 역경을 해쳐나온 자들이다. 실력의 질부터가 다르다.

여기서 오르도가 한 번 해보자는 식으로 나오면 네로와 카를로스는 목숨을 장담하기 어렵다.

"이건 전투요. 목숨을 걸고 하는. 충분히 이런 일이 일어날 수도 있고, 생각지도 못한 변수들은 언제든지 나오기 마련이오. 오히려 진열을 이탈하려 한 당신의 행위에 대한 죗값이라 생각하시오."

오르도가 등을 돌렸다.

바스티안은 끝까지 네로의 칼 끝에 집중했다.

네로는 등 돌린 자를 죽이는 잔혹한 자다. 기사라고 부를 수도 없을 만큼 형편이 없다. 대단한 기사에게 사사 받았다면 결코 등을 진 상대에게 칼을 쓸 생각이 들지는 않았을 거다.

네로의 칼솜씨는 제법 훌륭하다. 하지만, 그것뿐이다. 좋은 마나연공법을 배우고, 좋은 기사들에게 배웠다고 하더라도 기사가 되는 건 아니다.

네로는 이민족들에게 했던 행위를 그대로 하지는 않았다. 그도 여기서 오르도를 죽이고 오르도의 기사들에게 단칼에 목이 날아가는 것을 모르지는 않다.

"형님……."

카를로스와 네로의 옆으로 와서 위로를 했다.

"저리 꺼져라."

네로는 카를로스를 밀치고 소매로 입을 닦았다.

원정대는 주변을 정리하고 곧바로 붉은나무로 향했다.

거목(巨木).

지평선 끝에서 바라봐도 붉은 나무가 거대하게 보인다.

그런데 더욱 가까이 오니 고개를 한참이나 들어 올려야 한다.

"불사의 초는 당최 어디 있습니까?"

이젠 찾는 게 문제다.

원정대는 그대로 흩어져서 붉은나무 근처를 돌아다녀보기 시작했다. 그리고 닥치는 대로 풀뿌리란 풀뿌리는 모두 다 뽑았다.

하지만, 어떤 것이 효능이 있는 줄은 아무도 모른다.

펜릴은 붉은 나무에서 떨어진 나뭇가지를 이리저리 만져보았다.

'이게 몽둥이의 재질이었나?'

놀의 막강한 근력은 물론이고 무기인, 몽둥이.

나뭇가지에서 심상치 않은 힘이 느껴진다.

두 손으로 힘만 주변 부러질 것 같은 얇은 나뭇가지가 어떤 힘을 줘도 팽팽하다. 펜릴은 마체테를 넣던 허리춤에 나뭇가지를 몇 개 챙겼다. 몽둥이의 위력을 실감한 용병들이나 기사들도 하나씩 챙기기 시작했다.

그 모습에 잠시 눈살을 찌푸리던 카를로스가 나무 위에서 무언가를 발견했다.

"형님, 저기를 보십쇼."

높이만 50미터는 될 것 같다.

그런데, 나무 위에 주렁주렁 매달린 열매가 보인다.

언뜻 보면 '사과'다.

그런데, 그 사과의 색이 참으로 불쾌하다.

아름답게 핀 나무 위에 맺은 검은색 사과라니.

어떻게 보면 저 사과의 색이 이 검은숲과 더욱 어울릴 것만 같다.

"올라가봐라."

네로의 말에 클라인이 기사 몇몇을 뽑아 위로 보냈다.

기사들이고 용병들이고 할 것 없이 모두 위를 쳐다보며 집중했다. 기사들은 검을 이용해 지지대로 세우고 조금씩 조금씩 거목을 정복해갔다.

펜릴은 남들이 열매에 이목이 쏠려 있을 때, 땅을 서성였다.

'저 열매는 불사의 초가 아니야.'

불사의 초(草)라는 건, 그냥 어떤 상징적인 의미일 가능성이 크다. 초가, 결국 초를 의미하는 건 아니 일수도 있다.

형태가 다를 수도 있다는 얘기다.

이름 그대로 받아들이는 건 정답은 아니다.

그렇다면 저 열매가 불사의 초일 수도 있다. 하지만, 펜릴은 단연코 아니라고 말하고 싶다.

확신할 수 있는 건 이민족 길잡이가 죽을 때 써놨던 한 가지의 메시지다.

땅.

그 이민족은 죽기 전에 무언가 펜릴에게 이야기를 해주

고 싶었던 것 같다.

그건, 땅이라는 이민족의 문자다.

하지만 정확히 땅이라고 하면, 땅만 보고 다닐 수는 없다.

땅이라는 그 문자 자체도 결국 힌트일 가능성이 크다.

거목은 거목이다.

사람들이 나무를 오르는 기사들에게 집중되어 있을 때, 거목의 반대편으로 이동한 펜릴의 몸은 보이지 않는다.

펜릴은 손으로 땅을 파기 시작했다.

팍팍—

펜릴은 작업을 멈추고 가끔 고개를 돌려 누구나 자신을 쳐다보나 확인했다.

귀족들은 불사의 초의 개수가 많다면 용병들에게 나머지를 허가했지만 글쎄? 그건 모르는 얘기다.

링커들이 찾아 해매는 전설속의 물건이다. 그런 것들이 지천에 널려있다?

그런데 어째서 지금껏 발견하지 못했던 것인가.

만약 개수가 하나라면?

펜릴의 이번 원정대 참여 목적은 불사의 초와 라크, 티라와 관련 된 흔적을 찾기 위해서다.

그들은 이곳에 왔었다.

라크의 실력이라면 이곳까지 왔을 수도 있다.

그런데 그들의 다음 행적을 보면 다시 제국으로 향했다.

불사의 초에 대한 존재 여부는 알 수 없다.

그들은 어쨌든 제국으로 갔다.

펜릴은 뿌리를 옆으로 치웠다. 뿌리도 정답은 아니다. 뿌리, 더 깊숙한 곳 까지 가봐야 안다.

불사의 초가 하나라면.

황제?

아니다.

그가 어떻게 되든 그건 펜릴이 상관할 바가 아니다.

"잡았다!"

나무끝까지 올라간 기사들은 기어코 열매를 땄다.

하나가 아니다. 보이는 대로 손에 닿는 대로, 그리고 가지에 올라가 열매들을 떨어뜨렸다. 밑에서 대기하고 있던 사람들은 하나씩 집었다.

탐스럽게 익은 사과다. 그런데, 색깔이 검정색이니 선뜻 그 누구도 입으로 향하지는 않는다.

그 효과를 입증해보려면 누가 하나 먹어봐야 안다.

아니? 먹는다고 알 수 있나?

이게 정말 불사의 힘을 갖는지는 아무도 모른다.

먹어보고 그가 정말 늙는지 추후 경과를 지켜봐야 알 테니까.

그래도 네로는 살아남은 짐꾼들을 향해 지시했다.

"당장, 먹어보거라! 운이 좋다면 영원한 생명을 얻는다."

짐꾼들은 죄다 똥씹은 표정이 되었다.

열매는 차고 찰 정도로 많지만, 검은숲에서 아무거나 덥석 먹어볼 수는 없었다.

"이, 이놈들이?"

네로는 결국 칼을 뽑았다.

"자, 자작님. 말려 주십쇼."

길드장이 오르도를 찾았다. 그런데, 오르도는 꿈쩍도 하지 않았다. 여기서 용병들이나 기사들을 희생시키는 것 보다는 짐꾼이 가장 적절하다. 이건 황제가 내린 임무다. 이 것이 불사의 초가 맞는다면 확인을 해봐야 한다.

그때, 슬쩍 다가온 펜릴이 짐꾼이 들고 있는 흑사과를 빼앗아 들며 그대로 입으로 가져갔다.

와그작, 와그작–

원정대원들이 눈이 휘둥그레져서 펜릴을 쳐다보았다.

입에서는 즙이 뚝뚝 떨어졌다.

"맛있네."

펜릴은 소매로 입을 닦았다.

이건, 불사의 초가 아니다.

◆

펜릴은 땅을 파고 몸을 깊숙이 집어넣었다.

'뭔가 있다.'

사람의 몸은 신기하다.

뇌도 그렇고, 심장도 그렇고 그 분위만 특별하게 단단한 뼈가 지키고 있다.

사람의 주먹이 아무리 쎄도 두개골을 때리면 두개골 보다 주먹이 먼저 부러진다.

이 거목도 그런 것 같다.

지금까지 보던 다른 뿌리들보다도 더욱 단단한 뿌리가 무언가를 강하게 감쌌다.

'자르면 그만.'

펜릴은 양손에 블랙 맨티스의 손톱을 각성시키고 그대로 뿌리들을 잘라버렸다. 그런데도 뿌리들이 얼마나 질긴지 제대로 잘리지 않았다.

펜릴은 노력 끝에 그 뿌리를 자르고 더욱 안으로 파고들었다.

'찾았다!'

사과다.

그것도 굉장히 붉은 사과.

펜릴은 그 붉은 사과를 손에 집었다.

그러자 놀랍게도 붉은 사과가 빛을 잃더니 점점 딱딱해지기 시작했다.

"뭐야?"

펜릴도 당황했다.

"어? 어? 나, 나무의 색이 변합니다."

마침, 붉은 나무의 색이 점점 검게 변한다.

이제는 그저 그런 검은숲의 흔한 나무일뿐이다.

붉은나무가 색이 변하자 잠시 소란이 생겼다. 펜릴은 그 소란 때문에 일단 사과를 품 안에 넣고 밖으로 나왔다. 그리고 자기가 팠던 굴의 흔적을 지웠다.

펜릴은 더 이상 시간을 끌 수 없어 유유히 일행들과 합류했다. 그리고 처음부터 여기에 있었던 것처럼, 흑사과를 빼앗아 들며 입으로 가져갔다.

열매를 따서 나무의 색깔이 변했다고 생각 했는지 다들 사과를 하나씩 들고 주저하는 모습이었다. 사과의 맛은 밖에서 먹던 것과 크게 차이가 없었다.

'역시 이건 아무것도 아니다.'

나무 아래서 붉은 사과를 얻지 못했다면 이런 겁 없는 짓은 하지 않을 거다. 이건, 그냥 단순한 눈속임에 불과하다는 걸 알기 때문에 나선 행동이다.

"뭐, 뭐냐? 아무 이상 없는 건가?"

펜릴의 행동을 유심히 지켜보던 원정대원들은 뭔가 허

탈한 표정을 지었다. 이 열매가 정말 불사의 초라면 무언가 특별한 현상이라도 일어날 줄 알았다. 그런데 지금으로 봐서는 정말 펜릴이 불사의 몸이 됐는지는 전혀 알 수 없었다.

"어떠냐?"

네로의 질문에 펜릴이 피식 웃었다.

"아무 이상 없소."

그러자 원정대원들 대부분이 허탈한 표정을 지었다.

고생 고생해서 이곳까지 왔는데, 불사의 초가 아니다.

용기를 낸 몇몇 용병들이 들고 있던 사과를 한 입씩 깨물었다. 역시나 그들이 들고 있던 사과도 별 볼일 없는 사과일 뿐이다.

"그, 그럴 리가 없다! 더욱 샅샅이 뒤져봐라. 이곳에 분명 불사의 초가 있단 말이다."

네로의 명령에 그의 휘하 기사들만 밍기적 거리며 주위를 훑어볼 뿐이다.

"이런……."

허탕이다, 완전한 허탕.

기사들도 네로가 시켜서 하는 것뿐이지 이미 찾을 가능성은 없다고 생각했다.

네로는 펜릴을 쨰려보며 말했다.

"놈을 죽여라! 놈이 불사의 몸이 되었다면 칼에 맞아도 죽지 않을 터! 확인 해봐야겠다."

네로의 말에 원정대가 인상을 찌푸렸다.

정말이지 무식한 방법이었다.

펜릴이 정말 불사의 몸이 되었다면, 그는 이곳에서 가장 강한 사내가 된다. 마음만 먹는다면 기사단을 몰살시키고, 네로와 카를로스를 죽이는 것 따윈 손바닥 뒤집기보다 쉽다. 불사의 몸이 되었는 데 못할 것이 뭐가 있겠는가.

게다가 불사의 몸이 되지 못했다 하더라도 그를 죽이면 용병들이나 오르도와 싸울 수밖에 없게 된다. 오르도와의 전력차이가 크게 나지 않는 이상, 이곳에서 전력을 낭비할 수는 없는 노릇이었다.

"닥쳐라! 나서서 흑사과를 먹은 용기 있는 자에게 경의를 표하지는 못할망정. 펜릴을 향해 칼을 들이대는 자가 있으면 내가 그를 죽이겠다!"

용병들이 중립만 지킨다면 오르도는 네로와 카를로스의 기사들을 상대로 쉽게 지지 않을 자신이 있다. 애초부터 실력의 차이가 제법 났다. 오르도의 기사들은 전쟁부터 같이 겪어온 실전 기사들이고 네로와 카를로스가 데리고 있는 기사들은 이제 갓 기사가 된 애송이들에 지나지 않다.

오르도도 펜릴이 불사의 몸이 되었는 지는 궁금하다. 하지만, 사람이 해야 할 짓이 있고 하지 말아야 할 짓이 있는 법이다.

"좋다! 한 번 해보자! 카를로스! 나를 따라라! 이번에야 말로 놈의 목을 따야겠다!"

"주, 주군!"

클라인은 정말이지 죽을 맛이었다.

네로가 상황을 몰라도 너무 몰랐다.

기사가 주군을 위해 죽는 것은 영광이고 헌신이지만, 이런 곳에서 정말이지 개죽음 당하는 건 기사다운 죽음도 아니었다.

오르도의 기사들은 강하기로 소문났다. 그의 옆에서 눈을 부라리고 있는 바스티안은 제국내에서도 손가락 안에 드는 명성을 지닌 기사다. 그를 휘하로 가지고 있는 오르도는 더욱 강하다.

네로가 비록 좋은 집안에서 자라긴 했으나 기사로써의 재능이 썩 훌륭한 수준은 아니다. 하물며 상대는 검 하나로 평민에서 자작까지 오른 사람이다.

숫자가 카를로스의 기사들까지 합친다면 오르도의 기사들 보다 많긴 하지만 승부를 장담할 수는 없다.

오르도의 기사들은 평민 출신인 오르도를 주군으로 모실 만큼 충성심과 신념으로 똘똘 뭉친 자들이다. 이미 칼을 뽑아 들고 흉흉한 기운을 뿜어대고 있었다.

"네이놈! 저깟 놈에게 겁을 낸단 말이냐? 네놈이 그러고도 단장이라 할 수 있느냐!"

네로는 불 같이 성을 냈다.

"죄송합니다, 형님."

그때 카를로스가 검으로 네로의 뒤통수를 냅다 후려쳤다.

"억!"

네로는 흰자를 보이며 그대로 앞으로 꼬꾸라졌다.

혼절한 것이다.

"흥."

오르도는 네로가 쓰러지는 것을 보고 칼을 집어넣었다.

정말이지 일촉즉발의 현상이었다.

네로가 쓰러지자 자연스럽게 원정대는 오르도가 이끌수밖에 없었다.

"제국으로 돌아간다."

이곳에 남으면 결국 미련밖에 남지 않는다. 그 미련은 원정대를 위기로 몬다.

검은숲에 들어온 지 18일째.

원정대는 철수를 결정했다.

♦

원정대의 발걸음은 느렸다.

대부분의 얼굴은 마치 전쟁에 패배라도 한 것처럼 축 쳐졌다.

영락없는 패잔병들의 모습이지만, 누구 하나 나서서 독려를 할 수도 없었다.

불사의 초는 없다. 없는 것을 위해 죽을 고생을 했고, 동료들이 죽었다. 이것만큼 의미 없는 일은 없을 거다. 차라리 붉은나무에 도착하기 전에 실패를 했으면 어쩌면 다시 와서 해보자라는 희망을 가졌을 지도 모른다.

네로는 몇 시간 만에 깨어나서 난동을 부렸다. 하지만, 그 난동도 곧 잠잠해졌다.

펜릴은 길잡이 노릇에서 벗어났다.

돌아가는 길은 네로의 기사들이 그렸던 지도를 보고 움직여야 했다.

그들은 전문적인 길잡이들도 아니고, 지도가 완벽했던 것도 아니다. 헤매는 시간은 길어졌고 그만큼 원정대는 돌아가는 길이 험난했다.

'라크와 티라는 이것을 발견했을까?'

펜릴은 품 안에 잠들어있던 돌 하나를 꺼냈다.

이게 바로, 붉은나무의 땅에 있었던 사과다. 사람이 만지는 순간 돌 처럼 딱딱하게 굳어졌다. 지금은 안이 훤히 보이는 보석처럼 보인다.

루비.

모습만 본다면 보석을 정말이지 많이 닮았다.

차라리 잘됐다. 누가 붉은 사과를 본다면 펜릴을 의심할지도 모른다.

먹는 건 아니다.

그렇다면 어떤 식으로든 사용방법이 있을 거다.

어쨌든, 이곳 검은숲에서의 역할은 끝났다.

복귀해서 더 이상 칼루스에 있을 필요도 없다.

'제국으로 가자, 제국으로.'

그들은 칼루스에 있다가 제국으로 향했다. 일단, 제국에서 흔적을 찾을 가능성이 있다. 그리고 이 돌에 대해서 더 알아볼 필요도 있었다.

펜릴은 품 안에 다시 돌을 집어넣고 주위를 한 바퀴 둘러보았다.

"……."

등 한가운데로 땀 한 줄기가 흘러내린다.

펜릴은 앞으로 이동하며 네로의 기사들과 접촉했다.

"뭔가 이상하지 않소?"

클라인이 신경질을 냈다. 그도 펜릴을 보는 순간 화가 났기 때문이다. 그 때문에 기사 둘이 죽었다. 당장이라도 찢어 죽이고 싶은 마음이야 한 구석이지만 꾹꾹 참았다.

"뭐가 말이냐?"

"계속 같은 곳을 빙빙 도는 느낌이요."

"네놈이 길잡이 노릇 좀 할 줄 안다고 뵈는 게 없구나. 이제는 대장노릇까지 하고 싶은 거냐?"

네로나 클라인이나 한결 같다.

"됐소. 신경 끄시오."

펜릴은 자리로 돌아왔다.

이 느낌을 어디서 받아본 기억이 있었다.

'내 착각인가?'

펜릴은 잠시 대열을 이탈해 나무에 흠집을 냈다. 그리고 일정 간격마다 계속 흠집을 내기 시작했다.

펜릴은 잠시 후 벼락이라도 맞은 것 마냥 몸을 부들부들 떨었다. 앞으로 이동하니 자기가 흠집을 냈던 나무가 보였다.

까악-!

나무 하나가 강하게 흔들렸다.

원정대원들의 목이 갑자기 움츠러들었다.

새 한 마리가 하늘 높이 올라갔다.

그런데, 놀랍게도 그 새가 갑자기 하늘에 부딪히더니 바닥으로 추락했다.

"젠장, 재수없게."

네로는 발로 그 새를 멀리 차버렸다.

하지만, 이 심각성을 모르는 멍청한 행동일 뿐이다.

날아가던 새가 갑자기 하늘과 부딪힌다는 게 가당키나 한 행동인가.

펜릴은 벨을 쳐다보았다.

벨은 표정을 굳힌 채로 말했다.

"주술이에요."

monster link

몬스터 링크

꼽추노인

NEO FANTASY STORY

곱추노인
monster link

　기사와 마법사, 이 둘의 공통점은 '마나'를 원료로 사용
한다는 점이다. 마나는 이 세상 어디에서도 흔히 볼 수 있
고, 또 큰 재능이 없어도 누구나 쉽게 접할 수 있다.

　기사들은 마나연공법을, 마법사들은 호흡법을 발전시켜
가며 대륙에 대중화를 시켰다. 제국은 기사들과 마법사들
을 앞세워서 대륙을 점령해갔고, 다른 국가들도 기사와 마
법사들을 양성하기 시작했다.

　그것이 대중화의 시작이었다.

　하지만 대륙에는 천차만별의 특이한 능력들이 존재한다.

　그 능력들은 환경적인 요인에서 발생하게 되는데, 북방
의 이민족들에게는 대표적인 두 가지의 힘이 존재한다.

수명의 절반을 바쳐 몬스터나 마수의 힘을 빌려오는 링크나, 혹은 죽은자들의 망령들을 이용하여 원천적인 에너지를 사용하는 주술사들이 있다.

어떤 사람이든 마법사들의 호흡법만 배운다면 마법사가 될 수 있다. 물론, 높은 경지까지 올라가는 건 재능이지만 마법사가 되는 것 자체에 초점을 둔다면 누구나 가능하다.

하지만 주술사는 아니다.

타고 나는 거다.

망령을 이용하는 방법에 호흡법이나 연공법 따위는 쓰이지 않는다.

누군가 태어나면서 망령들이 그 아기에게 달라붙는다. 그 아기는 커가면서 그 망령들을 이해하며 힘을 빌려다 쓸 수 있게 된다.

이게 주술사다.

제국에서 흔히 말하는 '신관'들과 크게 다르지 않다.

신의 힘을 이용하는 그들도 따로 호흡법이나 연공법 없이 신의 계시를 받아 타고나는 힘을 받는 것처럼.

때문에 주술사는 보기가 굉장히 어렵다. 주술사로 태어나면 이민족들내에서도 굉장히 높은 신분이 된다. 또 존경받는 인물이 된다.

제국과의 전쟁에서도 주술사는 모습을 잘 보이지 않았

다. 그 자체가 너무 귀하기 때문에 앞선 전투에서 모습을 드러낼 수가 없었던 거다. 하지만, 뒤로는 온갖 힘을 다 부렸다.

어린 주술사 한 명이 기사 열 명을 초토화 시킨 건 제국 내에서도 비밀리에 퍼졌다. 제국은 자존심 때문에라도 그 사실을 숨겼지만 주술사의 위력은 어느 정도 피부로 와 닿을 정도로 인지하고 있었다.

쿵-!

노인이 지팡이로 바닥을 치자 등 뒤에 달라붙어 있던 망령들이 순식간에 하늘로 퍼졌다. 굽었던 허리가 펴지고 지팡이 없이 걸어 다닐 수 있게 되었다.

하지만 노인은 그러지 않았다.

지팡이 없이 걸어 다니는 건 익숙하지 않았다. 허리가 펴진다는 건 상상도 할 수 없는 일이다. 적응의 문제다. 사람이 한 가지에 적응하면 그게 쉬워지고 편해지기 때문에 굳이 다른 걸 시도하려 하지 않는다.

망령 한 마리가 노인의 주위를 돌아다녔다.

주변의 마수들은 그 망령을 발견하고 노인을 지나쳐갔다.

링커들의 힘은 몇 개를 각인시켰는지 에서 결론이 나온다.

재능이 없어도 누구나 1차 각성을 할 수 있다.

그 뒤에는 오로지 주술의 악마가 인정한 재능만이 2차, 그리고 3차까지 발돋움할 수 있다.

주술도 마찬가지다.

주술사는 태어나면서부터 재능을 가지고 태어나지만, 대부분의 주술사들은 하나의 망령을 다룰 수 있다. 망령의 힘은 참으로 신비롭다.

누군가에게 저주를 내릴 수도 있고, 누군가를 되살릴 수도 있다. 되살아 난 자는 그 망령의 주인에게 충성을 다한다. 하지만 심장이 뛰지 않고 생각도 없으며 명령 외에는 아무것도 하지 않는다.

꼽추노인은 총 세 개의 망령을 다룰 수 있다.

하나의 망령은 꼽추노인을 보호하고 두 개의 망령은 자유롭게 쓰일 수 있다.

세 개의 망령을 다룰 수 있는 주술사들은 북방의 이민족들을 뒤지고 뒤져도 찾기 힘들다. 그만큼 뛰어난 능력을 보유하고 있다는 거다.

마법사라고 생각한다면 뛰어난 능력이다.

동시에 세 가지의 마법을 사용할 수 있다고 생각해봐라.

공격 마법을 퍼붓고, 방어 마법까지 펼친다면 상대방은 참으로 마법사들을 상대하기 껄끄럽게 느낄 거다.

더군다나 망령들을 이용하는 건마나 따위를 소모하지 않는다. 무한정으로 사용할 수 있다는 얘기다.

꼽추노인에게서 멀어진 망령 하나는 제국 원정대의 머리 위에서 흩어졌다. 그리고 나머지 하나는 원정대 근처에서 모습을 감추었다.

"얼마 만에 보는 인간들 인지 모르겠구나. 잘만 한다면 이번 기회에 지독했던 이 검은숲에서 벗어날 수도 있겠어. 흘흘."

노인은 뒷짐을 쥔 채 멀어져가는 원정대를 바라보았다.

◆

"마법사들은 혼자서 이만한 영역에 환상마법을 걸 수는 없어요. 시간과 영역에 비례하기 때문이예요. 이런 짓을 할 수 있는 건 주술사들, 그것도 아주 엄청난 힘을 가진 주술사밖에 없어요."

"그래?"

펜릴은 고개를 치켜들고 하늘을 쳐다보았다. 이 주술을 벗어나려면 그 전처럼, 특이한 곳을 찾아 깨부수면 그만이다.

"깨는 게 어려운 건 아니지만 조심해야 되요. 이미 형이 주술을 부순 적이 있기 때문에 주술사가 어떤 함정을 파놓았을지 모르거든요."

"함정도 파놓은 단 말이야?"

벨이 고개를 끄덕였다.

"여긴 주술사의 영역 안 이니까요. 영역 안에서는 주술사는 어떠한 행위도 할 수 있어요. 그럴 듯한 곳을 만들어 두어서 그곳을 깨면 점점 더 강한 주술이 걸리게끔 말이에요. 혹은 건드리면 일정 이상의 데미지를 입는다던가."

"어떻게 하면 여기서 나갈 수 있는데?"

"이 주술을 건 주술사가 집적 풀기 전 까지는……."

한스가 인상을 잔뜩 찡그렸다.

"그럼, 뭐야? 여기서 뱅뱅 돌다가 굶어 뒈지라는 소리잖아."

"그것 말고는 없어."

벨은 마법사다.

주술에 대한 얘기는 들어 보기만 했지 실제로 겪거나 본 경우는 극히 드물다.

"음."

펜릴은 주위를 한 바퀴 둘러보았다.

벨은 그럴듯하게 얘기를 했지만 결국에는 범위가 워낙 넓기 때문에 같은 자리를 빙빙 도는 것 말고는 위력적인 건 아니다.

"주술사의 기본은 망령이 주체가 된다는 거예요. 망령이 없으면 주술사는 아무것도 없죠."

켈리는 몸을 부르르 떨었다.

"망령?"

어딘지 모르게 생각만 해도 기분이 안 좋다.

"응, 누나. 이 주술도 결국은 망령이 시전한 것뿐이야. 망령만 정확히 찾는다면 주술을 깨부술 수 있어."

"그럼 뭐해? 찾지를 못하는 데. 아니면 우리 다 같이 떨어져서 한 사람씩 찾아보든가."

던컨은 한스의 말에 반대했다.

"일행에서 떨어진다는 건 죽는 것과 다를 게 없다. 특히 망령을 우리 같은 일반 사람들은 찾아볼 수 없다."

"맞아요, 대장. 기사나 마법사들 그것도 극히 일부에 지나지 않은 사람들만 가능해요. 그만큼 마나에 대한 이해도가 높아야 돼요."

"그럼 여기서 굶어 뒈지는 수밖에 없잖수, 대장."

던컨도 뭔가 뾰족한 수가 있는 건 아니다.

펜릴이 하늘을 올려다보자 흐름이 이상한 여러 곳이 보인다.

그곳 중 하나는 분명 망령일 가능성은 크다. 다만, 그 외에는 함정이다.

'주술사가 노리는 목적이 뭐지?'

정말 한스 말 대로 여기서 굶어 뒈지게 할 생각인 듯 하다.

원정대에게 점점 피로를 부과시키는 행위일 뿐이다.

검은숲은 분명 주술사의 영역이다. 그의 영역을 침범한 대가는 분명히 클 수도 있다. 하지만, 이건 단순히 영역에 침범한 대가치고는 너무 크다.

사태의 심각성은 귀족 3인도 잘 알고 있었다.

하지만, 무엇 하나도 제대로 도합점을 찾아가지 못했다.

원정대는 지쳤고, 임무 실패에 대한 두려움도 컸고 길도 제대로 찾지 못한다는 스트레스도 많았다. 해가 지자 결국 더 이상 돌아다니는 걸 포기하고 야영을 했다.

길잡이 들이 없자 야영장 구하는 것 부터가 문제였다.

결국 고생고생 해서 야영을 시작하고 대부분 피로에 찌들어 그대로 뻗어 버렸다.

원정대는 무기력해졌다.

모닥불의 세기는 약해져 간다. 그런데 그 누구하나 나무를 해오는 사람이 없었다. 이윽고 불은 꺼지고 지친 용병들은 제대로 불침번을 서지 못했다. 무기를 마치 지팡이 삼아 머리를 기대기 시작했다. 허리는 점점 굽어져 가고 눈은 감기기 시작한다.

스으으으-

그때, 야영을 한 곳으로 짙은 안개가 깔리기 시작했다.

그런데 그 누구 하나 그것을 지적하지 않았다.

검은숲이기 때문에 그냥 자연스러운 현상이라고만 여겼다.

그 안개가 야영장을 덮쳤다.

그리고 그 안개가 사라졌을 때, 원정대는 모습을 감추었다.

◆

펜릴은 잠을 오래 자지 않는다.

그를 비롯해 링커들은 애초에 잠이 없다.

잠으로 인해 무의미하게 흘러가는 시간이 아깝기 때문이다.

야영장에 도착하면 펜릴이 하는 일은 그렇게 많지 않다.

네로의 기사들이 공격한 뒤로는 사냥도 잘 나가지 않는다.

그냥 잠을 자지 않고 마나연공법을 수련하거나 라크나티라를 찾을 방법에 대해 여러 가지 생각을 하게 된다.

하지만, 펜릴은 주술사의 장막에 갇힌 뒤로는 그런 한가로운 행위도 하지 않았다. 그저 할 수 있는 만큼 휴식을 취했다.

지금 중요한건 마나연공법이나 라크가 아니다. 그 행동 자체는 이 장막에서 벗어난 뒤에야 의미가 생기는 일이다.

펜릴은 용병들 무리에서 누구보다 빨리 잠자리에 들었다. 하지만 깊게는 자지 않았다. 장막 뿐만 아니라 그의 목을 노리는 자들은 어디에도 존재한다. 그가 굳이 잠자리를 용병들 무리로 옮긴 것은 네로나 카를로스가 언제든지 목숨을 노릴 수 있기 때문이다. 사냥꾼 출신인 펜릴은 얕게 자는 건 어렵지 않다. 근처에서 누군가 몸만 뒤척여도 펜릴의 눈이 번쩍 뜨인다.

펜릴은 오래지 않아 달라진 공기의 온도에 눈이 뜨였다.

원정대를 덮친 검은 안개를 보자 펜릴은 몸을 일으키려 했다.

'빌어먹을! 이게 뭐야?'

검은 안개가 몸 안으로 깊숙하게 들어왔다. 그리고 마치 제 집인 것 만야 헤집고 다녔다.

그 안개는 펜릴의 마나를 순식간에 마비시켰다. 그리고 저절로 몸을 통제하기 시작했다.

기분 나쁜 경험이다.

내 몸을 내가 통제하지 못한다니.

당연히 목소리는 나오지 않았다. 마치 귀신에라도 홀린 것처럼 다들 스스로 일어나 검은 안개가 움직이는 대로 걷기 시작했다. 누가 본다면 단체로 몽유병 환자들이라고 의심할 것 같은 모습이었다.

쑤와아앙~

안개속에서도 유난히 짙은 그림자 하나가 불쑥 나타났다. 그 그림자는 원정대 머리 위를 돌아 다니더니 한 용병의 귓구멍으로 들어갔다.

"컥!"

그 용병은 갑자기 단발마의 비명과 함께 그 자리에서 멈추었다. 그러더니 눈에 띌 정도로 몸이 말라 비틀어지기 시작했다.

피부는 생기를 잃고, 단단했던 그의 몸이 마치 기아에 허덕이는 아이마냥 골격이 드러났다.

쿠웅-!

그 남자는 얼마를 버티지 못하고 바닥에 쓰러졌다.

잠시 후, 그 남자의 코를 통해서 다시 밖으로 나온 그림자는 다른 대상을 찾기 위해 주위를 번뜩였다.

그 망령은 펜릴의 옆에 있던 용병에게 들어갔다. 그 용병 역시 얼마를 버티지 못하고 그대로 쓰러졌다. 역시나 말라비틀어진 모습이다. 그에 반해 그림자는 조금 더 커진 모습이다.

그림자는 이번에도 다음 대상을 찾기 위해 빙빙 돌아다녔다.

그러더니 다음 대상을 찾았는지 순식간에 이동했다.

그 대상이 바로 펜릴이다.

'젠장!'

움직이지 못하는 상태에서 생기를 잃어가며 죽는 건 최악이다.

야속하게도 몸 안 깊숙이 파고든 안개는 펜릴의 마나 통제를 완전히 끊었다. 그렇다고 손 발이 움직이는 것도 아니다.

펜릴은 이판사판으로 곤조의 발목을 각성시켰다.

'됐다!'

많이도 필요 없다. 아주, 조금, 조금만 움직일 수 있으면 피할 수 있다.

펜릴은 어금니를 꽉 깨물었다.

뿌득, 뿌드득—

이빨에서 소리가 났다. 관절이 부러지는 것 같은 느낌이 들 정도다. 손톱은 손바닥을 파고들어 피까지 흘렀다.

무릎이 살짝 굽혀졌다. 펜릴은 그 힘을 이용해 곧바로 뒤로 몸을 날렸다.

뒤에 걸어오던 용병들이 넘어졌다.

그림자는 갑자기 펜릴이 사라지자 주위를 빙빙 돌더니 방금 펜릴이 있었던 자리에 새로이 나타난 용병을 먹어 치웠다. 그리고는 하늘 위로 사라졌다.

'저것이 망령인가?'

펜릴은 한숨 돌렸다.

주술사가 다루는 망령이 아니라면 설명이 불가능했다.

몸을 움직이지 못하게 하고 망령이 들어간 용병들은 모두들 죽음을 맞이했다.

넘어진 펜릴은 저절로 일어났다. 그리고는 뒤에 정렬해서 앞에 사람들을 따라갔다. 자의가 아니었다. 그저 몸이 시키는 데로 움직이는 것뿐이다.

원정대가 향한 곳은 커다란 동굴이다. 그 동굴에서도 깊숙이 들어가자 큰 감옥이 보였다. 그 감옥은 여러 개의 방이 있었던 데, 아무래도 원정대의 숫자가 제법 되기 때문에 그 방에 분산 되어 들어갔다.

근데, 감옥 안에 들어오지 못하고 밖을 서성이는 여섯 명의 사람들이 보였다. 용병들도 있었고 기사들도 있었고, 짐꾼도 하나 있었다. 잠시 후, 저절로 감옥 문이 닫히고 그 여섯 명의 사람들은 시야에서 사라졌다.

그리고 그자들은 하루가 지나도 돌아오지 않았다.

◆

감옥 안에서는 악취가 흐른다. 곳곳에는 토사물의 흔적이나 뼈가 나뒹군다. 검은숲에 이런 공간이 있다는 사실이 놀랍기만 하다.

펜릴은 쥐 죽은 듯이 벽에 기대어 있었다. 그리고 원정대가 깨어날 때 까지 기다렸다.

"뭐, 뭐야?"

잠에서 깨어난 원정대들은 왜 자신들이 갑자기 이런 동굴에 갇혔는지 이해를 못했다. 대부분이 자는 도중에 갑자기 동굴로 걸어 들어왔기 때문에 이해를 못하는 건 당연했다.

주술사의 농락이라는 사실을 깨닫는 데는 그리 오랜 시간이 걸리지 않았다.

"오, 올랜이 보이지 않습니다."

"케인도 보이지 않습니다."

사라진 기사들의 이름이다.

카를로스와 네로의 얼굴이 굳었다. 그 두 명이 데리고 있던 기사들이었다. 어제까지만 해도 옆에 있던 놈들이 사라졌다. 무언가 기분이 좋지 않았다.

던컨도 없어진 용병들을 찾기 시작했다. 몇몇이 보이지 않는다. 길드장도 그제야 짐꾼이 사라졌다는 걸 깨달았다.

끼이익, 쿵!

그때, 감옥문이 열리는 소리와 함께 오크들이 안으로 들어왔다. 그런데, 그 오크들은 머리를 제외하고는 몸 전체가 인간의 것과 다르지 않았다.

"반갑다."

능숙한 제국의 언어다.

모두들 놀라운 얼굴로 오크를 주목했다.

오크가 인간의 언어를 이렇듯 완벽하게 해낸다는 건 본적이 없었다.

"이게 대체 무슨 일인가?"

오르도가 제법 정중하게 오크를 보며 물었다.

오크는 씨익 웃더니 뒤에서 낑낑 거리며 커다란 냄비 몇 개를 들고 왔다. 그리고 그걸 감옥 앞에 내려놨다.

"많이 배고플 거다. 먹어 둬라."

감옥 안은 악취가 풍긴다.

이미 대부분이 머릿속에서 음식생각은 사라졌다.

"흥. 먹는 게 좋을 거다. 너희 에너지는 주인님에게 큰 기쁨이다. 망령들, 너희들 좋아한다."

오크는 숨을 크게 한 번 내쉬었다. 숨이차는 듯 했다.

그 모습을 지켜보던 네로가 피식 웃었다.

"미친 돼지새끼로군. 오크가 말을 하다니. 이걸 믿어야 하나 말아야 하나."

오크는 그 얘기를 듣고 아무렇지도 않게 다시 대화를 시작했다.

"너희가 데리고 있던 기사들, 그들이 나에게 언어를 줬다. 이 몸, 너희 기사들 거다."

"……."

갑자기 원정대원들이 조용해졌다.

잠시 후, 한 기사가 소리쳤다.

"케, 케인의 팔과 다리가 맞습니다. 저 문신을 보면 분명합니다."

케인은 항상 팔과 다리에 자신의 생일과 부인의 생일을 문신으로 새겨 넣고 자랑을 해왔다. 동료 기사들은 전부 알고 있는 사실이다.

"우리 주인님, 대단하다. 우리에게 모든 걸 준다. 앞으로 하루에 아홉명, 우리는 너희를 끌고 가야 된다. 그러면 주인님이 기뻐한다."

오르도가 다시 물었다.

"끌고 가면 어떻게 하는 것이냐?"

"망령의 에너지가 된다. 에너지가 된 영혼은 그 망령의 일원이 되어 살아야 된다. 영원히."

충격적인 얘기다.

주술사들이 망령을 다룬다는 건 알고 있었지만, 망령이 영혼을 에너지로 삼고 있다는 얘기는 아무도 몰랐다. 그렇다면 앞서 사라진 자들은 이미 망령의 에너지가 되었다는 얘기다.

"망령 하나는, 하루에 3개의 에너지를 섭취 할 수 있다. 우리 그래서 9명 필요하다."

펜릴은 오크의 얘기를 듣고 그제야 6명의 인원을 끌고 간 이유를 깨달았다.

오면서 3명, 그리고 도착해서 6명.

망령에겐 에너지가 필요한 거다.

몸이 커졌던 이유도 그래서다.

"주인님께서 자비 베푸셨다. 오늘은 내버려두고, 내일부터 데리고 가도 된다. 내일까지 생각해 두도록 해라. 음식은 알아서 나눠 먹어라. 먹는 게 좋을 거다. 그래야 살 테니까."

쿠웅!

오크는 감옥 안으로 냄비를 쏟아버렸다.

냄비에 있던 음식물들이 감옥 안으로 들어왔다.

"우욱!"

그때, 비위를 참지 못한 용병 하나가 토악질을 했다.

냄비에 있던 음식에서 사람의 눈이나 귀, 코가 보이기 시작했다.

오크는 그 모습을 보고 기뻐했다.

"큭큭! 인간 너무 나약하다. 주인님은 강한 자 좋아한다. 운이 좋다면 살아 남을 지도 모른다."

그 말을 끝으로 오크는 오크들을 데리고 감옥 안을 빠져나갔다.

그 이후로 누구 하나 입을 제대로 열지 못했다.

감옥 안으로 침울한 분위기가 내려왔다.

하루는 순식간에 지나갔다.

끼이익—

철문이 열리는 소리와 함께 감옥 안으로 오크가 또 다시 여럿 들어왔다. 그들은 주위를 한 번 둘러보더니 만족스러운 표정을 지었다.

사색이 된 인간의 표정, 공포에 찌들어 벌벌 떠는 모습까지.

주인이 원하는 인간 영혼의 표본이다.

영혼이 나약하면 나약할수록 망령의 에너지는 점점 더 커진다. 알아서 자멸하는 것만큼 좋은 에너지는 없다.

"때가 되었다. 원하는 인간 있나?"

"……."

원정대는 고요했다.

오크는 그럴 줄 알았다는 듯 한 표정이다.

"그럼, 내가 선택하겠다."

"건방진 돼지새끼로군."

그때, 감옥 안에 조용히 욕 한 마디가 울려 퍼졌다.

오크는 소리가 들린 곳으로 이동했다.

그러더니 단번에 네로를 찾아냈다.

"네가 인간들 대장인가?"

"뭐, 그럴 수도 있고 아닐 수도 있고."

입고 있는 옷만 봐도 네로는 귀족이라는 티를 냈다.

오르도는 기사들과 섞여 있으면 귀족인지, 기사인지 제대로 구별이 가지 않는다. 그는 갑옷을 입고 있기 때문이다. 네로는 다르다. 귀족들이 편할 때 입는 평상복이라고 해도 누가 봐도 귀족이라는 것을 알 수 있다.

"너 마음에 안 든다. 네놈의 손과 발을 자르면 네놈도 더이상 그런 말을 할 수 없겠지. 네놈의 수하들을 데려가겠다."

"그럴 수 있다면 그렇게 해라, 오크 대가리새끼."

네로는 감옥 방, 그곳에서도 가장 깊숙한 곳에 위치했다. 그들의 앞에는 기사들이 눈을 번뜩이고 지켜보고 있었다.

아무래도 용병들 보다 기사들이 좀 더 멘탈이 강한 것은 사실이다. 실력에 자신감이 있기도 하고, 마나연공법 자체가 어떤 상황에서도 평온을 가져온다.

"그렇게 할거다, 멍청한 인간."

오크는 품 안에서 열쇠뭉치를 꺼내더니 감옥 철문을 열었다.

"인간 아홉 놈만 데리고 나와라."

그 오크의 말에 뒤에 있던 오크들이 따랐다.

오크들은 죄다 한 손에는 몽둥이 하나씩 들고 있었다.

"흥, 이래서 오크 새끼라니까. 죽여!"

오크들이 감옥 안으로 들어오자 네로와 기사들이 순식간에 오크들을 덮쳤다.

검은 전부 빼앗겼지만 갑옷은 여전히 입고 있는 상태다. 무기는 없어도 기사 정도면 오크 서너 마리 쯤은 찜 쪄 먹을 수준은 된다.

"멍청한, 인간놈들."

뒤에 선 오크가 피식 웃었다.

오크들이 몽둥이로 기사의 풀 플레이트 메일을 내려쳤다.

그러자 쩌엉! 하는 소리와 함께 플레이트 메일이 순식간에 구부러졌다.

"커헉!"

기사가 눈이 뒤집히고 피를 울컥 토해냈다.

반면에 내려 친 오크는 아무렇지도 않게 다음 기사를 향해 다시 몽둥이를 휘둘렀다.

플레이트 메일의 가장 큰 장점은 화살이나 검과 같은 선이나 점으로 된 공격을 쉽게 튕겨 낼 수 있다는 점이다. 그런데, 해머 같은 플레이트 메일의 안을 관통하는 데미지는 충격을 흡수하기 어렵다. 그럼에도 불구하고 기사를 상대하는 자들이 해머를 들지 않는 건, 무겁기 때문이다. 무거운 해머로는 기사의 빠른 몸놀림을 맞힐 수 없다.

오크의 몽둥이가 해머와 동일한 데미지를 줬다고 밖에 볼 수 없다.

플레이트 메일을 때린 몽둥이를 쥔 손아귀가 저릴 만도 한데 오크는 그다지 충격이 없어 보였다.

기사들의 주먹에 얻어맞은 오크들은 순간 넘어졌다가도 벌떡 일어났다.

"큭!"

오크를 주먹으로 때린 기사는 손이 이상한 방향으로 꺾였다.

가죽이 마치 갑옷을 입은 것처럼 질기고 단단하다. 두개골은 마나를 실은 기사의 주먹도 버텨낼 정도로 두텁다.

오크들은 쓰러진 기사들 중 아홉명을 골라서 밖으로 질질 끌고 나왔다.

"으아아악!"

"주, 주군!"

의기양양에게 덤볐던 기사들과 네로는 헬쑥 해진 표정으로 끌려 나가는 기사들을 바라만 볼 수밖에 없었다. 이미 남은 기사들이 몽둥이로 찜질을 당해 제대로 설 수도 없었다.

기사를 이기는 오크.

붉은 놀도 그랬지만, 오크도 이미 충격으로 원정대가 말을 잃었다.

특히나 오르도가 그랬다. 이미 네로가 사용한 방식은 그들도 그럴 예정이었기 때문이다.

오크는 다시 열쇠뭉치를 들고 문을 닫았다. 그러면서 눈을 번뜩이며 네로를 바라보았다.

"내일도 건방지게 굴면 너 데리고 갈거다."

"……."

네로는 할 말을 잃었다.

이미 그를 지켜주는 기사들이 앓아누운 상태다. 갑옷이 구겨져 벗지도 못한다. 감옥 안은 이미 앓는 소리로 가득하다.

끼익, 쿠웅!

오크는 문을 닫고 나갔다.

◆

오크가 되돌아 온 건 꽤나 시간이 지나서였다.

이번에는 제법 군침 도는 냄새가 나는 음식을 들고 왔다.

"뭐냐?"

네로의 퉁명스런 질문에 오크가 피식 웃었다.

"제대로 된 음식, 들고 왔다. 우리 주인님이 네가 데리고 있는 기사들의 실력에 크게 실망하셨다. 내일은 기뻐하실 수 있도록 힘 좀 내야 한다."

가뜩이나 심난한 네로의 표정이 더욱 굳었다.

데리고 있던 기사들이 형편없는 실력이라는 말에 좋아할 주군은 없었다.

"이곳에서 나간다면 내 반드시 네놈과 네놈의 주인이라는 놈을 찢어버리겠다."

네로가 창살을 붙잡고 으름장을 내놨다.

오크는 들은 채도 안했다.

해볼 테면 해보라는 식이다.

네로의 경고는 어디까지나 그가 탈출에 성공했을 때다.

누가 감옥에 갇혀 있는 지 현실을 파악한다면 그의 경고는 귀여운 수준에 불과했다.

네로는 음식에 손도 대지 않았다.

용병들은 음식이 나오자 게걸스럽게 먹어 치웠고, 오르도와 기사들도 꾸역꾸역 목구멍으로 집어 삼켰다.

"형님, 좀 드셔야 되지 않겠습니까?"

옆에서 카를로스가 걱정스런 얼굴로 쳐다보았다.

네로는 카를로스가 가져온 음식을 손으로 쳐냈다.

"필요 없다!"

"건방진 인간의 자존심이 얼마나 갈 지 두고 보겠다."

오크는 그 말을 끝으로 나갔다.

펜릴은 오크의 말에 동의했다.

자존심이 허기 진 배를 채워주지는 않는다. 며칠이 지나면 오크가 가져온 스튜로 배를 채울 지도 모른다. 그게 결국 인간이다.

여기서 누구나 망령의 에너지가 되거나 아사로 죽고 싶은 생각은 아무도 없을 거다.

하루에 아홉명.

남은 원정대의 숫자를 생각한다면 앞으로 2주가 지나기 전 모든 원정대는 망령의 에너지로 변환이 될 거다.

'어렵다.'

펜릴도 여러 방법을 생각해봤다.

어찌어찌하면 오크들을 유인해서 곤조와 블랙 맨티스를 각성시켜 죽일 수도 있을 것 같다. 칼을 빼앗은 것은 결국엔 예리한 칼에는 오크들의 질긴 가죽도 찢기는 것을 염려해서다. 더욱 더 날카로운 맨티스의 손톱이라면 당장에 오크들을 찢어버리고 바깥으로 탈출도 할 수 있을 거다.

그런데 탈출을 하고 난 뒤가 문제다.

주술사는 강하다. 주술사가 보내는 망령의 힘은 도저히 거부할 수가 없다. 망령이 또 다시 펜릴의 손과 발을 묶고, 장막을 쳐서 눈을 가린다면 그때는 정말 끝이다.

어떻게 해서든 주술사와 마주쳐, 주술사를 죽여야 한다. 혹은 망령을 죽이든가.

마법사가 마나를 잃으면 평범한 사람이 되듯, 주술사도

결국 망령이 없다면 아무것도 아니다.

아직까지는 좋은 방법이 떠오르지 않는다.

펜릴은 오크들이 가져온 빵을 곱씹었다.

남들이 자는 늦은 시간에도 생각에 빠졌다.

가장 좋은 방법은 용병들과 기사들도 모조리 데리고 나가는 거다. 그래야 펜릴에게도 가장 안전한 방법이 되고, 그들이 서로와 서로에게 방패가 될 거고 화살받이가 될 거다.

오크는 다음날에도 어김 없이 찾아왔다.

그러자 용병들이고 기사들이고 죄다 시선을 바닥으로 내리 깔았다.

어느새 뒷짐을 쥔 오크는 발꿈치를 살짝 떼고 걷기 시작했다.

걸음만 본다면 마치 구름 위를 걸어 다니는 용과 다름이 없었다.

그러면서 손가락으로 한 명을 콕 찍어 말했다.

"너, 나와라."

◆

"주군!"

바스티안이 오르도를 바라보았다.

오크가 점찍은 사람은 바로 오르도다.

마땅히 해결책을 구하지 못한 시점에서 오르도가 선택된 건 최악이다. 오르도는 기사들을 구심점으로 만드는 우두머리다. 그가 망령의 에너지로 변한다면, 그의 휘하 기사들은 물론 용병들 까지도 그 여파가 미칠 거다.

오르도는 조용히 눈을 감았다.

그도 검을 빼앗긴 건 사실이다. 검 없이 오크들을 상대로 싸울 수는 없다. 이미 눈앞에서 네로의 기사들이 반병신이 되어 바깥으로 끌려 나가는 걸 본 뒤다. 여기서 기사들에게 피해를 입힐 수는 없다.

"역시. 똑같이 입고 있어도 너에게서 이상한 냄새가 난다. 너 강한 사람이다. 숨기려 해도 내 눈 속일 수 없다. 주인님, 강한 사람 좋아 한다. 너 강하다."

오르도는 피식 웃었다.

오크의 형편없는 칭찬인데 어딘지 모르게 기쁘다.

그는 기사다.

기사의 미덕은 강함이다. 꾸준히 강함을 추구한다. 누군가 자기가 강하다는 데 싫은 사람은 없을 거다.

"호들갑 떨 필요 없다. 힘을 비축해둬라."

"하지만……."

오르도는 바스티안의 어깨를 강하게 붙잡고 고개를 내저었다.

"기회는 반드시 온다. 난 숱한 전쟁에서도 살아남았다. 포로가 되어서도 살아남았다."

"아, 알겠습니다. 주군."

바스티안은 자리에 풀썩 주저앉았다.

오르도가 일어나지 못하게 강하게 눌러 앉혔다.

그리고 네로와 같은 실수를 범하지 않고 순순히 끌려 나왔다.

오크는 그 뒤로 몇몇을 더 점찍었다.

용병들도 있었고 네로나 카를로스의 휘하 기사들도 있었다.

강한 자, 약한 자 그리 가리지 않았다. 닥치는 대로 꼽았다.

8명째가 되자 오크는 숨을 한 번 들이마셨다.

"이곳 어딘가에서 강한 냄새가 난다. 강한 자 더 있다."

오크는 손가락으로 한 곳을 가리켰다.

펜릴은 인상을 구겼다.

"축하한다, 네가 마지막이다."

♦

저벅, 저벅.

첨벙!

바닥에 물기가 고여 있다. 펜릴은 맨발로 웅덩이를 밟았다.

한기가 전신을 뒤덮는 느낌이다. 발을 쳐다보자 마치 그림이라도 그린 것 마냥 뻘겋다. 한 걸음 한 걸음 걸을 때마다 빨간색 발자국이 찍힌다.

'피로군.'

냄새부터가 머리가 어지럽다.

펜릴은 주위를 둘러보았다. 가슴 한 구석이 눌러 앉은 것처럼 답답한 느낌이다.

신발은 감옥 안에 두고 왔다.

곤조의 발목을 각성시키게 되면 신발은 필요가 없어진다. 오히려 거추장스러운 물건만 될 뿐이다. 다만, 장갑은 벗지 않았다. 주술사가 각인의 문신을 본 다면 펜릴을 가장 먼저 죽이려 들지도 모르기 때문이다. 발목은 긴 바짓단 때문에 제대로 보지 않는다면 보이지도 않는다.

"서라."

얼마나 걸어왔을까.

펜릴의 앞에 있던 용병 하나가 갑자기 대열을 이탈해 동굴 반대편으로 막 뛰어가기 시작했다.

그러자 기사들과 용병들의 눈빛이 흔들렸다.

오크는 피식 웃었다.

"안심해라, 어차피 저놈은 잡힌다. 기회도 없이 죽는다.

그래도 말 잘 듣는 너희들에게는 기회가 있다."

"으아아악."

마침 동굴 반대편에서 비명소리가 들려왔다.

"주인님이 만든 강한 마수들이 저곳에서 기다리고 있다. 실력이 좋다면 나가도 좋다. 물론, 나간 뒤에 어떻게 될 지는 상상에 맡기겠지만."

오크는 이윽고 남은 8명의 인원을 문 앞에 데려다 놨다.

그 문은 마침 아홉 개였다. 만약 용병이 도망가지 않았다면 그도 한 문의 앞에 서 있었을 거다.

오르도는 문을 바라보고 오크를 향해 질문을 던졌다.

"이 방 안에는 뭐가 있나?"

"먼저 죽은 인간들의 피나 뼈가 있을 거다. 물론, 영혼은 망령의 에너지가 되었다."

"망령이 이 안에 있다는 건가?"

"아니, 주인님의 망령은 이곳에 없다. 주인님이 만든 마수가 있다. 안에 들어가면 무기가 있을 거다. 무기를 들고 그 마수와 싸워라. 혹시나 자살할 생각이라면 하지 않는 게 좋을 거다. 이 동굴에서 자살한 영혼들은 곧바로 망령에게 흡수 된다."

펜릴은 잠잠히 듣고 있다가 질문을 했다.

"이러나저러나 에너지가 된다는 얘기 아닌가?"

"그랬다면 주인님이 강한 자를 원할 필요가 없지. 마수와 싸워 이기면 달라질 수도 있다. 주인님이 원한다면 에너지가 되지 않고 종이 되는 방법도 있다."

"노예가 되라는 얘기로군."

"나쁘지는 않다. 나도 망령의 에너지가 되고 싶은 마음은 눈곱만큼도 없다. 물론, 난 인간이 아니기 때문에 에너지가 되지는 못하지만. 인간의 영혼은 망령에게 최고의 에너지다. 특히 겁에 질린, 죽음을 목전에 둔 인간들은 최고 중에 최고로 친다. 자, 질문은 끝이다. 이제 문 안으로 들어가라."

펜릴은 문을 열었다.

휘이잉-

싸늘한 바람이 머리카락을 뒤로 넘겼다. 그 바람속에 피비린내가 풍겨온다. 그리고 각종 썩은 냄새가 묻어 있다.

누구나 할 것 없이 인상을 잔뜩 찡그렸다.

펜릴은 오크를 보고 하나 더 물어봤다.

"너희 주인은 왜 강한 자를 원하지? 에너지를 흡수해서 망령이 더 강해지는 게 좋은 거 아닌가?"

"잘은 모른다. 주인님은 자신의 종족에서 자기를 이곳에 가뒀다고 말했다. 평생을 이곳에서 살아왔다고 들었다. 이곳에서 나가기 위해서는 힘이 필요하다고 들었다."

오크는 가끔 숨이 벅찬 지 몰아 쉬어가면서 설명을 했다.

오크는 참 단순하다.

강한 자를 본능적으로 찾는 건 맞지만, 머리가 그렇게 똑똑한 것 같지는 않다. 주인이라고 불리는 그 주술사의 말 잘 듣는 하인이다. 그렇지 않다면 자기 주인에 대해 이런 저런 얘기를 굳이 할 필요가 없다.

그저 이 오크는 주인에게 성심성의껏, 어차피 에너지화가 되는 인간들에게 잘 설명시키고 설득시키라는 명령을 받았을 거다.

오크는 그렇기 때문에 명령을 잘 이행하고 있는 것 뿐이고.

"행운을 빈다, 인간들."

펜릴은 그 말을 듣고 문을 쾅! 하고 닫았다.

오크의 말 대로 옆에 진열대에는 각종 무기들이 보였다.

펜릴은 무기들을 살폈다. 애초에 갑옷이나 방패는 거들떠보지도 않았다.

곤조의 발목이 최고의 방어 수단이다.

그렇다면 이리저리 무기들을 살폈다.

펜릴은 활도 빼앗겼다. 화살촉도 모두다 수거해갔다.

하지만, 진열대에서는 펜릴이 자주 쓰는 마체테는 보이지 않는다.

'하긴…….'

마체테를 사냥외에 사용하는 사람은 거의 없다.

몸에 익지 않는 무기를 사용하는 게 좋다고 볼 수는 없었다.

펜릴은 그나마 제일 나은 '도'를 꺼내 들었다.

분명한 건 기사들이 사용하는 검과는 다르다. 한쪽이 휘어 살짝 위로 올라갔다. 마체테와 길이는 다르지만 제법 비슷한 모양새다.

'첫번째 목표는.'

생존이다.

펜릴은 주위를 두리번거렸다.

어쩌면 그 주술사라는 음흉한 놈은 이 주위에서 펜릴을 지켜보고 있을 지도 모른다.

'아니, 분명히 지켜보고 있다.'

마수와 싸우다가 적당한 때가 되면 나타나 망령이 지치고 겁에 질린 인간의 영혼을 에너지로 바꿀 거다.

블랙 맨티스의 손톱과 곤조의 발목은 최후의 수단이다.

굳이 자기가 링커라는 사실을 밝힐 필요는 없다.

숨길 수 있는 만큼 숨겨야 한다.

이유?

분명한 건 펜릴이 원정대 중에서 링커가 된다면 세 손가락 안에 드는 강자라는 것이다. 그런 강자를 주술사가 노예로 만든다면?

펜릴은 자신이 노예가 되지 않고 망령의 에너지가 되지도 않는 방법을 택해야 한다.

그건 매번 나타나는 그 마수라는 놈을 이겨야 한다.

아슬아슬하게.

얼마나 강한지는 알 수 없다. 하지만, 아슬아슬하게 이기는 모습을 보인다면 펜릴이 강하다고 그들도 확신할 수 없다는 거다.

물론, 펜릴이 링커가 됐을 때도 그들의 마음에 차지 않을 가능성도 있다.

실제로 펜릴은 오르도를 보면 승리를 장담할 수 있다고 선뜻 말을 할 수가 없다.

오르도는 실전 경험이 풍부하다. 전쟁에서 살아남았다. 이런 상황 속에서도 평온을 유지한다.

그가 검을 들면 무시무시한 기운이 폭사한다.

어중이떠중이처럼 배운 네로나 카를로스는 오르도의 발밑에도 미치지 못한다.

모든 링커들이 기사를 상대로 이길 수 있다! 라고 말 할 수 있는 건 아니다.

링커들에게도 1차 각성, 2차 각성, 3차 각성이 있다. 그리고 각 각성마다 자기가 가지고 있는 마수의 힘이나 능력에 따라 그 힘이 결정 된다.

기사들도 마찬가지다. 기사들의 실력도 천차만별이다.

1차 각성 링커가 이길 수 있는 기사들의 실력은 그저 어디서나 흔히 볼 수 있을 만한 기사들 수준에 지나지 않다.

2차 각성을 한 링커도 이따금씩 기사들에게 패배하는 경우는 보인다.

더군다나 펜릴은 완벽한 2차각성이라고 볼 수 없다.

발목, 손등.

무엇하나 완벽하지 않은 각성이다.

효과를 최대한 보면서 잠식효과는 최대한 줄이는.

1차 각성 링커보다 강하다고 할 수 있지만, 양쪽 팔과 허벅지를 각성시킨 링커들 보다 강하진 않다. 아니, 장담한다. 약하다.

그렇기 때문에 펜릴은 오르도와 일전을 치른다면 이길 자신이 없다.

'어떻게 해서든 살아남자. 살아남는다면 방법은 있다.'

머릿속이 완성되지 않은 퍼즐처럼 어지럽다.

이 퍼즐을 억지로 끼어 맞추기 보다는 정답을 찾아 나가야 한다. 분명히 방법은 있을 거다.

펜릴은 두 개의 도를 양손에 쥐고 척 하고 내려 놨다.

반대편에서 뜨거운 입김이 불어온다.

크르르릉-

펜릴은 입가에 미소가 갔다.

낯설지 않은 울음소리다.

어둠속을 헤집고 나온 마수는 호랑이 머리에 뱀의 머리를 가진 마수.

이미 한 번 싸워본 상대다.

'중요한 건 연기겠지.'

호랑이 마수는 곧바로 펜릴을 향해 달려들었다.

몬스터
링크

monster link

망령의 주인

NEO FANTASY STORY

망령의 주인
monster link

"축하한다, 오늘은 살아남았다."

펜릴은 온 몸에 피칠갑을 한 채 숨을 거칠게 몰아쉬었다.

정확히 시간이 얼마나 지났는지는 모르겠다.

호랑이 마수를 죽이자, 몽둥이를 든 오크가 나왔다. 오크를 죽이자 두 마리가 나타났다. 두 마리도 가까스로 죽였다. 체내에 쌓아 둔 마나는 모조리 탕진했다. 틈틈이 모아 둔 마나가 아니었다면 펜릴은 오크들을 죽일 수 없었을 거다.

오크들은 끈질기다. 한 마리는 손쉽게 처리할 수 있었다. 그런데 두 마리가 나타나서부터 문제가 발생했다. 이 오크들은 보통 오크 들이 아니다. 주술사의 힘을 받은 오크들이다. 얼굴만 오크지 몸을 보면 각종 마수들의 신체를 이어다 붙였다.

각각 오크마다 능력이 다르고 가진 힘이 다르다. 그 능력을 파악하는 것 자체가 우선이었고, 두 마리의 협공은 펜릴을 생각보다 곤란하게 만들었다.

각성을 했다면 손쉽게 처리할 수 있었을 지도 모른다.

하지만, 어떻게 해서든 아낄 수 있었다.

이건 분명한 건 긍정적으로 작용할 수 있다는 거다.

펜릴은 옆구리를 부여잡았다. 오크 두 마리의 협공에 옆구리를 헌납했다. 가까스로 충격을 최소화하긴 했지만, 전부 충격을 흡수한 건 아니다.

'부러졌을까?'

모르겠다.

일단은 쉬어야겠다는 생각뿐이다.

참으로 여러모로 갈비뼈와 인연이 깊은 모양이다.

오두막집에서 살 때도 펜릴은 웨어울프의 공격을 받고 간신히 살아남은 기억이 있었다.

'큭.'

이 순간에 피식 웃음이 나온다.

분명히 철저하게 연기를 할 생각이었다. 그런데 오크들과 싸워보니 연기고 뭐고 아무것도 생각나지 않았다. 그저 각성만 하지 않은 채 이기자라는 생각 밖에 들지 않았다.

펜릴이 문을 열고 나오자 동시에 옆방에서 한 남자가 나왔다.

'역시.'

오르도다.

그는 진작 갑옷을 벗어 던졌다. 그도 오크와의 혈전을 다투었을 거다. 이미 오크의 몽둥이는 갑옷을 찢어 버린다는 것을 알고 있다. 그런 상황에서 몸이 둔해지는 갑옷을 입을 필요가 없다. 하지만, 그는 상처는 보이지 않는다. 땀을 흘린 것 외에는 말이다.

"내 눈 정확하다. 두 명이나 살아남았다. 만족스럽다. 나도 강한 전사 좋아한다. 너희들은 강한 전사다."

칭찬을 하면서도 오크는 펜릴과 오르도가 들고 있는 무기들을 빼앗아 갔다.

어차피 오르도는 별다른 저항을 할 생각이 없었다.

그는 수하들을 내버려두고 도망가는 사람이 아니다.

과거 전쟁당시 포로로 잡혔을 때도, 그는 수하들과 죽음을 다짐했었다. 제국이 몸값을 지불해 풀려나긴 했지만 융통성이 없을 정도로 외골수적인 면도 있었다.

펜릴도 순순히 도를 반납했다.

그도 이곳에서 빠져나가기 위해서는 오르도의 힘이 절대적으로 필요하다.

오크는 펜릴과 오르도를 데리고 감옥까지 이동했다.

"쉬어라. 내일은 더욱 강한 놈들이 기다릴 거다."

"……"

펜릴은 말없이 고개를 끄덕였다.

이렇게 오크의 말이 정답게 들려오는 경우가 있을까.

◆

다가가기 어려운 오르도 보다는 아무래도 펜릴에게 질문세례가 쏟아졌다.

어떤 방식으로 살아남았는지, 혹은 각방에서 나타나는 마수의 대처법 등.

정보는 살아가는 데 가장 중요한 한 가지다.

펜릴과 오르도가 살아남은 건 남은 자들에게 희망이나 긍정적인 요소로 작용한다.

펜릴의 마나연공법이 상급에 속하는 훌륭한 것이라 하여도 그 경력이 깊지 않다.

펜릴이 각성을 시키지 않고 오로지 두 개의 도를 들고 싸운다면 이곳에서 기사들 보다 나은 점은 찾아볼 수 없을 거다. 물론, 펜릴에게 활과 숲이라는 환경이 주어진다면 다르겠지만, 여기는 동굴이다.

마수의 대처법만 파악한다면 기사들도 충분히 생존을

할 수 있는 기간이 많아질 거다.

질문이 쏟아지자 한스가 나타나 손짓을 하기 시작했다.

"자자! 쉬게 두자고. 쉬지도 못하게 할 거요? 정 궁금하신 분은 오르도 자작께 가쇼."

아무래도 용병들은 오르도에게 접근하기 어렵다.

귀족이기 때문이다.

이미 오르도는 휘하 기사들에게 구구절절 설명을 하는 모습이었다.

자연스럽게 외면을 당하는 건 네로와 카를로스다.

그들의 기사들은 살아남지 못했다.

감옥 방이 떨어져 있으니 설명해주는 사람이 없다.

바스티안은 오르도에게 이리저리 얘기를 듣고 네로와 카를로스의 기사들에게 설명을 해주었다.

감옥과 감옥 사이에 떨어진 방에서는 밤 늦게까지 대화와 질문이 오고 갔다.

네로는 어느 정도 듣다가 등을 돌렸다.

"흥, 유세떨긴."

겉으로는 그런 말을 해도 거절하지는 않았다.

오크가 지목하는 사람들은 무조건 끌려간다. 반항이란 없다. 누가 될지 모른다. 누구든 귀를 쫑긋 세우고 귀담아 들어야 한다. 그래야 살아남는 날이 하루라도 많아진다.

살아남고 싶다면 자존심을 버려서 가면서 정보에 대해

구걸이라도 해야 할 판이다.

펜릴은 용병들에게 정보를 공유하고 곧바로 남들이 잠들자 늦게 까지 마나연공법으로 마나를 회복했다.

다행히 옆구리가 부러진 것 같지는 않다. 그저 작게 부어올랐을 뿐이다. 오늘은 그렇게 살아남았다.

살아남기 위해서는 틈틈이 마나연공법으로 마나를 채워야 한다. 그것도 순도 높은 마나를 말이다.

이곳은 망령 때문인지 마이너스가 가득한 에너지가 허공에 떠돌 뿐이다. 펜릴은 오래 동안 마나연공법을 지속하다가 새벽 늦게 잠자리에 들었다.

키에에엑-

취이이익-

곤조와 블랙 맨티스의 울음소리가 들린다.

'시끄러워.'

그 말과 동시에 뭔가 반항이라도 하듯 더욱 시끄럽게 들려온다.

키엑, 키에에엑!

머리가 진동한다. 두통이 일어났다.

펜릴의 눈동자와 눈썹이 파르르 떨렸다.

자리에서 벌떡 일어나 감옥이 쩌렁쩌렁 울릴 정도로 외쳤다.

"빌어먹을, 시끄럽다고!"

기사들이고 용병들이고 할 것 없이 잠에서 깼다. 그러다가 그 목소리가 펜릴이 냈다는 걸 깨닫고 등을 돌려 다시 눈을 감았다.

누구든 펜릴의 입장이 되면 잠을 설치는 건 당연했다.

그들은 그걸 이해 못할 사람들이 아니었다.

어떤 사람은 귀를 막았다.

펜릴은 일부로 코를 골았다. 이도 갈았다. 그렇게 하면 몸 안에 있는 마수들의 울음소리가 들리지 않을 것 같았다.

'좀 낫네.'

마수들은 궁시렁 거리는 것 같았다.

그들의 말을 이해할 수 있는 건 아니기 때문에 펜릴은 돌아누워 벽을 바라보며 다시 잠을 청했다.

벽이라도 바라보면 마음에 진정이 가는 것 같았다.

시간이 지나자 마수들의 울음소리는 줄어들었다.

◆

두 번째 오는 길이라고 제법 익숙하다.

오늘은 어제처럼 도망가는 기사나 용병은 볼 수 없었다.

동굴에 갇힌 지 며칠이 지나자 제법 분위기에 적응이 되었는지 눈빛부터가 달라졌다. 펜릴과 오르도가 죽었다면 이들의 눈빛은 지금과는 반대였을 거다.

펜릴과 오르도를 제외하고 7명이 더 뽑혔다.

이렇게 9명이 되자 또다시 방으로 향했다.

"행운을 빈다, 인간들."

오크는 그 소리와 함께 저 마다 방문을 닫아버렸다.

도저히 적응되지 않을 매캐한 악취가 풍겨오기 시작하고 펜릴은 익숙한 무기들을 골랐다.

이번에도 도 2자루다.

오늘도 어제와 마찬가지로 호랑이 마수가 먼저 나왔다.

손쉽게 처리하자 오크, 그 다음엔 두 마리 오크.

펜릴은 이번에는 어렵지 않았다. 이미 한 번 상대를 해 봤다.

어제 쉬는 동안에도 이미지 트레이닝을 여러 번 경험했다.

'끝인가?'

끝이라고 말한다면 조금 싱거워진다.

어제보다 시간이 반 이상은 단축이 된 느낌이다.

쿵! 쿠웅! 쿵!

동굴이 울린다.

펜릴은 도를 더욱 강하게 쥐었다.

'그럼 그렇지.'

여기서 마무리가 된다면 굳이 어제 살려둔 의미가 없다.

잠시 후, 싸늘한 공기와 함께 동굴의 머리가 닿을 정도로 거대한 몬스터 하나가 나타났다.

"트롤?"

트롤은 강력한 몬스터 중 하나다. 오크와는 비교할 게 안 된다. 하지만, 그냥 몬스터일 뿐이다. 마수보다는 약하다. 다만, 지금 나타난 트롤은 흔히 볼 수 있는 트롤과 다르다는 거다.

오크가 주인으로 모시는 그 주술사는 오크를 기사보다도 강력하게 만들었다.

무기를 든 기사들이 오크 두 마리를 넘지 못했다. 용병들은 오크 한 마리도 제대로 싸울 수 없었다.

트롤 한 마리는 방금 전 상대한 오크 두 마리 보다 강력하다는 얘기다.

트롤의 강점은 끝없는 재생능력에 있다.

심장을 파괴하고 목을 잘라내 뇌까지 완벽하게 파괴해야 재생을 하지 않는다. 어설프게 살려두었다가는 순식간에 몸이 재생된다.

트롤은 거대한 도끼를 들고 있었다.

몽둥이와는 이제 차원이 다르다.

어제 옆구리를 몽둥이로 얻어맞을 때도 충격을 최소화해서 별 다른 충격은 받지 않았다. 하지만, 도끼는 다르다. 저 날에 베인다면 펜릴은 순식간에 상체와 하체가 두 동강이 날 거다.

도끼를 든 트롤이라니.

들어본 적도 없다.

그런데, 그런 일이 실제로 일어나고 있다.

이곳 검은숲에서.

주술사 때문에.

정말이지 망령이라는 그 힘은 무시무시하다.

펜릴은 이를 바득바득 갈고 트롤에게 달려들었다.

후웅-!

트롤의 도끼질 한 번에 식은땀이 한 줄기 흘렀다. 펜릴은 눈을 동그랗게 뜨고 몸을 굴렀다.

도끼란 결국 멀리 있는 상대를 공격할 때 좋다. 안으로 파고 든다면 공격을 충분히 할 수 있다.

트롤의 키는 3미터가 넘는다. 펜릴이 팔을 뻗어도 심장이나 뇌를 한 번에 파괴시키는 건 쉽지 않다. 동작이 커지면 허점이 드러나게 되고, 그 허점 한 번은 펜릴을 죽음으로 몰고 간다.

어린 아이는 어른을 상대로 이길 수 없다. 힘싸움을 벗어나 자신에게 유리한 싸움으로 끌고 가야 한다.

펜릴은 트롤의 아킬레스건을 향해 도를 그었다.

스와악-!

우어어어!

트롤이 구슬프게 운다.

아킬레스건에서 상처가 벌어진다. 트롤이 한쪽 무릎을 꿇었다. 그런데, 순식간에 재생을 시작하더니 다시 무릎을 펴기 시작한다.

트롤의 재생력이 아무리 뛰어나다고 해도 수 초 만에 재생하는 건 사실 불가능하다. 그건 모르는 사람들에게 잘못 알려진 상식이다.

트롤의 팔을 자르면 재생하는 데 걸리는 시간은 최소 30분 이상이다. 면적이 큰 다리는 더욱 오래 걸린다. 1시간, 2시간 그 이상이다. 그런데·이 트롤은 아킬레스건을 고작 2초, 3초 만에 회복했다.

펜릴은 이번에는 무릎 뒤쪽을 도(刀)로 찔렀다.

도가 반쯤 파고들다가 부러져버렸다.

펜릴은 두 동강 난 도를 버리고 뒤로 몇 발자국이나 물러났다.

진열대에 무기는 많다.

키엑, 키에엑-!

누군가 구슬프게 울기 시작한다. 트롤은 아니다. 트롤은 맹렬하게 펜릴의 뒤를 쫓고 있다.

블랙 맨티스다. 이놈은 지금 나오고 싶어서 안달이 났다. 무기가 부러진 걸 알고 펜릴이 위기에 처하자 자기를 꺼내달라고 울고 있는 거다.

펜릴에게 느긋하게 무기를 고를 시간 따위는 없다.

트롤은 펜릴이 있는 방향으로 도끼를 그대로 내리 찍었다.

콰직, 콰콰쾅!

진열대가 초전박살이 났다.

펜릴은 떨어진 무기들 중 무사한 걸 찾아 아무거나 손에 쥐었다.

"빌어먹을, 닥치라고!"

◆

"참으로 이상한 녀석이군."

노인은 의자에 앉아 있을 뿐이다.

허리가 굽어 머리는 앞으로 내밀고 있고, 손에는 막대기 하나가 쥐어져 있다. 막대기는 손에 쥐기 쉽게 'T'자 형태인데, 노인은 그걸 지팡이로 쓰고 있다. 의자에 앉아서도 앞으로 고꾸라질까 지팡이를 사용하고 있는 거다.

눈을 감은 노인의 머릿속에는 아홉 개의 방에서 치열하게 혈투를 벌이고 있는 인간들의 모습이 그려진다.

망령의 눈.

망령들은 이렇게 방을 관전하고 있다가 인간이 죽기 직전, 공포감이 극에 달했을 때 에너지를 빼앗는다. 그리고 그 망령들의 시선은 노인도 바라볼 수 있다.

노인은 어제부터 지켜보던 두 명의 사람이 있었다.

한 명은 힘이 잘 정리 된 뛰어난 기사인 것 같은데, 트롤도 무리 없이 이긴다. 아마 저 무리에서 제일 강할 듯싶었다.

나머지 한 명은 마치 야생마처럼 힘이 잘 정리 되지 않은 듯, 자신의 힘을 잘 주체를 하지 못한다.

기사의 안정된 힘과 검술과 비교될 정도로 난잡하고 효율이 떨어져 보이는 움직임도 많다.

그래서 그런지 오크 두 마리에 그렇게 고전을 한다. 그런데 그 다음에는 손쉽게 이긴다. 트롤을 내보냈더니 트롤과 혈전을 벌인다. 그리고 승리를 가져갔다.

아슬아슬하지만 계속해서 승리를 한다.

마치 좀비라도 된 것 마냥 쓰러질 듯 쓰러지지 않는다.

다음날에는 트롤 두 마리, 그 다음날에는 세 마리를 보냈다.

그러더니 어느새 4일 동안 생존을 해오고 있다.

저런 독종들이 가끔 있다.

죽자고 달려들어서 자기가 원하는 것을 취하는.

저런 독종들은 그만큼 잘 죽는다. 그런데, 가끔 죽지 않고 살아남는 놈들이 있다. 그런 놈들이 눈에 띄게 강해진다.

"에구구."

노인은 의자에서 일어나 뒷짐을 쥔 채 지팡이로 한 발, 한 발 짚으며 아홉 개의 방이 있는 곳으로 향했다. 마침 이들을 관리하는 오크가 자리에서 일어나 문을 열기 직전이었다.

　첫날은 오크 두 마리, 둘째 날은 트롤을 이긴 자들은 그날만큼은 살려둔다.

　"주인, 왔나?"

　"끌끌. 그래, 몇 놈이나 살아남았느냐?"

　"4명이다. 제법 많다. 살아남은 애들 때문에 마수를 상대하는 법을 알게 된 거다. 인간들은 머리가 좋다."

　"아무렴. 너 보다는 낫겠지."

　노인은 하나하나 방문을 바라보더니 다시 오크에게 물었다.

　"그래. 가장 오래 살아남은 놈들의 방이 어디냐?"

　"이것과 저것이다."

　오크는 방 두 개를 가리켰다.

　"기사 말고 다른 놈이 들어간 방은 어느 것이냐?"

　"저거다."

　오크는 제법 멀리 떨어진 방을 가리켰다.

　노인은 다소 미심쩍은 표정으로 오크를 바라보았다.

　"정말인게냐?"

　"주인. 나 그렇게 멍청하지 않다. 걱정마라. 주인한테는 거짓말 못 한다."

오크의 뇌에 죽은 인간들의 뇌를 이어다 붙였다.

바로 인간들이 언어를 사용할 때 활성화 되는 부분이다.

그 때문에 오크도 인간들이 사용하는 언어를 사용할 수 있다.

다만, 주인에 대한 존대말까지는 하지 못한다. 그것이 오크가 가진 한계다. 결국 오크는 오크일 뿐이다.

"저 방에 붉은 트롤을 넣어라."

"그럼, 인간 죽을 텐데. 차라리 기사한테 넣는 게 어떤 가? 기사가 더 세다."

"기사는 됐다. 놈의 실력이라면 어느정도인지 알 것 같 다. 하지만, 저놈은 얼마나 발버둥 칠 수 있는 지 지금 당 장 보고 싶구나."

오크는 고개를 끄덕였다.

"알겠다. 주인의 명령이라면. 하지만, 놈에게서는 기사 와 다른 위험한 냄새가 난다. 주인도 조심하는 게 좋을 거 다."

"낄낄, 별걸 다 걱정하는 구나."

"알겠다. 하긴, 놈이 살아남는다고 하더라도 주인을 건 드릴 순 없을 거다. 주인은 강하니까."

오크는 뒤뚱뒤뚱 걸어가기 시작했다.

노인은 어딘지 모르게 오크의 말이 신경 쓰였다.

오크라는 종족은 인간과는 다르다. 야성이 발달했다. 특별히 마나연공법이나 마나를 다루지 못한다 하더라도 귀신같이 강자들을 발견한다.

"지켜보면 알겠지."

검은숲에 갇힌 지 50년.

어차피 소일거리에 불과했다.

◆

푸우웃!

펜릴은 도로 단숨에 트롤의 목을 베어버리고, 눈을 관통시켜 뇌를 단숨에 파괴시켰다. 날아간 목에서 피가 분수처럼 쏟아졌다.

바깥에 있는 사람들이라면 환장하고 달려들 거다.

트롤의 피는 값비싼 약이다. 전문가들이 피를 여과시킨 뒤에 인간의 신체에 걸맞게 정제시킨다면 훌륭한 약이 된다. 그래서 트롤은 보기가 쉽지 않다. 트롤만 전문적으로 잡는 사냥꾼들이 많기 때문이다. 특히, 트롤은 혼자 다니기 때문에 용병들도 쉽게 잡을 수 있다.

펜릴의 입 안으로 피 한 방울이 튀었다. 씁쓸한 냄새와 비린내가 난다. 곧바로 침과 함께 뱉어낸다.

여과시키지 않은 트롤의 피는 약이 아니라 독이다. 인간의 몸은 트롤의 피를 받아들이지 못한다. 트롤의 그 재생력은 이 피에서부터 비롯된다.

"하아, 하아……."

펜릴은 숨을 거칠게 몰아쉬더니 자리에 주저앉았다.

지독하다.

이렇게 지독한 트롤이라니.

펜릴은 트롤을 상대해본 경험이 다소 있다.

경험 많은 사냥꾼들이라면 트롤을 사냥하는 방법은 굴을 파두고, 그곳으로 유인하는 거다. 그리고 그 주변을 늪처럼 만들어 빠져나오지 못하게 만들면 된다.

펜릴은 전형적인 사냥꾼이다.

힘이 강한 트롤과 맞상대하는 건 즐겨하지 않는다.

게다가 기존의 트롤들과 달라도 너무 다르다.

힘도, 재생력도 몇 배나 차이난다.

첫날엔 한 마리, 그 다음날엔 두 마리, 그 다음날엔 세 마리.

계속해서 숫자를 늘려간다. 이제는 내일 뭐가 나올지도 궁금할 지경이다. 펜릴은 계속해서 살아남았다. 살아남으면 남을수록 강해진다는 게 느껴진다.

펜릴은 자리에서 일어나 문쪽으로 다가갔다.

이쯤 했으면 열어줄 법도 하다.

쿵! 쿠웅! 쿠웅!

펜릴은 문고리를 여러 번 흔들었다.

'빌어먹을.'

펜릴은 살짝 눈을 위로 올렸다.

분명히 아무것도 없는 공간이다. 그런데 무언가 이상한 느낌이 들기 시작한다.

망령이다.

방금 전부터 망령의 기운이 느껴지기 시작한다.

인간의 에너지를 먹고 망령의 힘이 강해진 거다. 그래서 펜릴에게까지 그 에너지가 느껴진다. 항상 마지막 시험이 끝나면 이 망령의 힘은 느껴지지 않았다. 이 주위를 돌아다닌 다는 것은 아직 끝나지 않았다는 거다.

쿵! 쿵! 쿵! 쿵!

어지러운 발자국 소리가 들려온다.

펜릴은 인상을 잔뜩 찡그리고 주변에서 단창을 주워 올렸다.

우워?

구멍의 끝에서 붉은색 몸을 지닌 트롤 한 마리가 모습을 드러낸다.

방금 상대했던 트롤보다 키가 상대적으로 1미터는 더 큰 것 같다. 덩치도 두 어배는 크다. 이 동굴에서 자유롭게 움직일 수 있을 것 같지가 않다.

펜릴은 한 참이나 고개를 뒤로 젖혀 트롤의 얼굴을 볼

수 있었다.

아킬레스건을 끊어서 무릎을 꿀린다 하더라도 심장까지
칼이 닿을 것 같지는 않다.

"하핫……."

펜릴은 웃음이 나왔다.

나올 놈들은 모조리 나왔다.

저건 트롤 중에서도 가끔 나온다는 '변종 '트롤이다.

트롤들의 힘은 마수에 미치지 못하지만, 변종 트롤은 중
급마수 이상의 힘을 가진다.

저것이 주술사의 힘을 거쳤다면 더욱 강해졌을 거다.

상급? 아니, 최상급 이상까지도.

키에에엑-

지금이 기회라고 외친다.

이 목소리의 주인은 머릿속, 아니 더 깊은 곳에서부터
나온다.

"시끄럽다고 했다."

녀석들도 상황을 알고 있는 거다.

펜릴이 죽으면 그들도 죽는 것과 다를 게 없다.

물론, 각인이 되어 있는 블랙 맨티스나 곤조는 죽지 않
는다.

다만 누군가 써주지 않는다면 평생 이곳에서 썩을 수밖
에 없게 된다.

그들도 그건 싫어한다.

조금이라도 더 살아 있는 생명체에 붙어 있고 싶다.

파앗!

펜릴은 왼손에는 단창, 오른손에는 도를 들고 앞으로 뛰어 들어갔다.

붉은트롤이 도끼를 펜릴을 향해 내리친다.

펜릴은 몸을 오른쪽으로 굴렀다.

피하는 건 어렵지 않다.

트롤 세 마리가 좁은 공간에서 도끼로 내려찍는 것도 피해낸 것이 펜릴이다. 이 정도는 손쉽다.

위협적인 풍압도 어린애 장난 소리처럼 들린다.

펜릴은 여전히 아킬레스건을 노렸다.

자세를 무너뜨리는 것이 급선무!

몸이 크니 무릎만 굽혀도 굽힌 부위를 밟는다면 충분히 머리까지 도달 할 수도 있을 것 같다.

취이, 취에엑.

곤조가 외친다.

그럴 필요 없단다.

자신을 쓰면 트롤의 머리까지도 도약을 할 수가 있다고 말하는 거다.

정말 죽기 직전이 아니라면 사용하지 않겠다고 다짐했다.

째엥!

도가 단숨에 부러졌다.

가죽에 흠집도 내지 못했다.

펜릴은 도를 내다 버리고 단창을 종아리에 찔렀다.

단창이 1mm도 박히지 않는다.

"퉤! 빌어먹을 오크 새끼. 박히지도 않는 무기나 주고 말이야."

펜릴은 뒤로 확 빠졌다.

그리고 장갑을 벗어서 허공에 던졌다.

더 이상 기다릴 여유가 없다.

팔을 밑으로 내리자 양쪽 손 등에 칼이 한 자루씩 툭 튀어 나온다.

키도 어느새 몇 cm커진 모습이다.

곤조의 발목을 각성시켜 이미 발목 밑으로는 인간의 모양새와 조금 다르다.

"이판사판이다!"

더 이상 기다리거나 생각할 여유는 없었다.

◆

"링커였구나!"

망령의 눈을 통해 펜릴을 보고 있던 노인은 다소 놀라운 표정을 지었다.

인간의 신체가 몬스터나 마수의 몸으로 변하는 것은 링커가 아니라면 주술사가 만든 키메라의 일종일 뿐이다. 그런데 키메라들의 단점은 링커들처럼 자기가 원할 때 그 능력을 사용할 수 있는 게 아니라는 거다.

링커들은 평소에는 인간처럼 지내다가 자기가 원할 때 각인의 주문으로부터 봉인되어 있는 힘을 빌려올 수 있다. 하지만, 키메라는 처음부터 끝까지 모습부터가 판이하게 다르지 않던가.

노인은 주술사다.

링커를 모를리는 없다.

다만, 그가 놀란 것은 제국인이 링커라는 거다.

50여 년 전, 검은 숲에 갇히기 전에는 제국인들에게 링커는 다소 생소했다. 당시만 해도 이민족들의 능력이었기 때문이다.

바깥 정보를 전혀 모르는 노인에게 제국인이 링커라는 것은 큰 정보를 얻은 것과 다름없다. 이미 대륙인들 사이에서 링크라는 기술이 널리 알려지고 있다는 거다.

'일부러 능력을 숨기고 있었나?'

처음부터 사용했을 수도 있었다. 그런데 이제야 능력을 꺼낸 이유가 궁금해진다.

"끌끌, 차라리 잘된 일이다. 링커의 능력은 소중하지. 놈을 수하로 만들어야겠다."

충성심이 강한 생물체는 가끔 수하로 만드는 데 강하게
거부를 한다. 재수가 없으면 혀를 깨물고 자살도 한다. 그
것보다는 이민족에게 익숙한 기술인 링크를 가진 놈이 나
아 보인다.

노인은 의자에 앉아 정신을 집중했다.

그러자 그의 몸 위로 영혼 한 조각이 떠올랐다.

수하로 만들기 위해서는 자신이 망령화(化)가 되어야 한
다.

노인은 자신의 영혼을 가지고 펜릴의 방을 지켜보고 있
는 망령의 몸으로 이동했다.

검은 기운이 물씬 느껴짐과 동시에 시야가 점점 또렷해
진다.

완벽하게 망령화가 된 거다.

노인은 몸을 움직이면서 한 참 전투를 벌이고 있는 펜릴
의 귓속으로 들어갔다.

◆

갑자기 잘 싸우고 있던 붉은 트롤의 움직임이 멈춘다.

'뭐지?'

어? 어? 하는 사이에 펜릴의 몸이 부자연스럽게 공중에
서 멈춰버린다.

쿠웅!

"큭!"

그러더니 몸은 바닥에 곤두박질쳤다. 곤조의 발목 힘으로 3m가 넘게 도약한 위치에서 떨어졌으니 펜릴은 절로 비명이 나왔다.

'뭐, 뭐야?'

말도 제대로 나오지 않는다.

펜릴은 이런 현상을 일전에 경험 해본 기억이 있었다.

바로, 주술사의 주술에 꼼짝없이 당해 저절로 몸을 제압 당했을 때다.

이건 별다른 대책이 없었다.

펜릴은 눈동자를 굴렸다.

천장에 둥실둥실 떠있던 망령은 그때 펜릴을 향해 맹렬히 돌진해왔다.

'내가 링커인 것을 알았구나!'

이건 분명히 망령이 에너지화로 만들 던, 혹은 수하가 되던 둘 중 어느 것이 되어도 최악의 선택이다. 지켜보지 않았다면 이렇게 빨리 손을 쓸 수도 없을 거다.

분명히 링커는 껄끄러운 존재다. 무기를 빼앗아도 몸 속 어디에 다른 무기를 숨겨두고 있을 지는 문신을 보지 않는 한은 예측하기 어렵다.

펜릴은 이를 악물었다.

하지만, 이제는 도망갈 곳도 없다.

망령은 펜릴의 눈앞을 왔다 갔다 하더니 귓속으로 파고들었다.

"아아악!"

쿵! 쿵! 쿵!

펜릴이 상체를 벌떡 일으켰다.

그러다가 뭍으로 나온 물고기 마냥 펄쩍펄쩍 뛰었다.

귀로 들어간 망령은 펜릴의 몸을 구석구석 돌아다니기 시작했다.

'이것은 빼앗길 수 없다!'

펜릴은 이판사판의 기분으로 마나연공법을 전개시켰다. 그러자 주위에 있는 마나가 펜릴의 몸으로 흡수되기 시작했다.

이전에 몸을 망령에게 구속당했을 때도 마나를 움직일 수 없었다. 맨 처음 망령이 마나를 차단시켜 버린 거다. 펜릴은 도저히 차단을 시킬 수 없게끔 마나를 활발히 이동시켰다.

망령은 마나를 싫어하는 거다.

그렇기 때문에 마나의 움직임을 차단시킨 거다.

펜릴과 망령의 치열한 줄다리기가 지속되었다.

망령은 마나를 차단시키려고 하다가 실패하자 머릿속으로 움직였다.

"크윽!"

으드득!

어금니가 입 안에서 부셔진 것 같다. 혀를 깨물었는지 피가 흐른다.

트롤과의 싸움으로 이미 많은 마나를 잃었다.

지금 펜릴이 전개하고 있는 마나연공법은, 도저히 연공법이라고 부르기가 어렵다.

마나연공법의 두 가지 목적은 몸 안에 순도가 높은 마나를 쌓는 것과 빠르게 쌓는 것에 있다. 펜릴의 가지고 있는 마나연공법은 상급이다. 순도가 높고 그리고 빠르게 쌓을 수 있는, 동시에 두 가지가 가능하다.

라크는 그렇게 펜릴에게 길을 닦아 주었다.

펜릴은 지금 순도 따위는 신경 쓰지 않았다. 망령과 싸우기 위해서 오로지 마나를 끌어 모으는 데만 집중했다.

몸 안에 구성된 길이 모두 파괴되었다.

상관없었다. 살아남기 위해서라면 모조리 끌어 써야 한다.

"으아아아!"

고통 속에 펜릴이 몸부림을 쳤다.

펜릴이 강렬히 저항하자 고통을 줘 집중력을 끊어버릴 속셈이다.

노인은 다소 당황했다.

마나를 가지고 있다 하더라도 에너지만 빼앗는 건 사실 어려운 일이 아니다. 하지만, 펜릴처럼 몸을 빼앗고 통제력을 가져오는 건 쉬운 작업이 아니다. 망령을 세 개나 다루는 주술사라 하더라도 굉장히 고된 일이다.

특히나 마나를 잘 다루는 상대의 몸을 주도권을 빼앗는 건 어려운 일이다. 주술사가 강한 기사나 마법사들을 상대로는 결코 몸을 빼앗을 생각은 하지 않는다.

단순히 링커라고 생각했던 펜릴이 제법 훌륭한 마나연공법을 지니고 있을 줄은 상상하지 못했다.

노인이 검은숲에 들어오기 전, 이민족들과 함께 있을 때는 제국인이 사용하는 마나연공법과 링크를 동시에 가지고 있는 자는 찾아볼 수가 없었기 때문에 생긴 오류였다.

'아, 안되겠다.'

노인은 펜릴의 몸을 빼앗는 걸 포기하고 아예 죽이기 위해 영혼을 흡수했다. 홍수처럼 불어나버린 마나의 파도속에서 망령은 소멸될 지도 몰랐다.

영혼을 전부 흡수해버린 노인은 어딘지 모르게 배가 부르지 않았다.

'뭐, 뭐냐?'

이상하리 만큼 영혼이 작다.

다른사람들에 비하면 반도 되지 않았다.

영혼은 보통 인간들의 뇌에서 발견할 수 있다. 뇌를 점령하고 있는 노인은 펜릴의 영혼을 모조리 흡수한 게 맞다.

그런데 이정도로의 에너지로는 망령의 에너지 상승에 그다지 큰 도움이 될 것 같지는 않다.

노인은 펜릴의 몸을 다시 돌아다녔다.

가끔 어떤 인간들에게는 영혼이 갈기갈기 찢어진 형태로 남아있는 경우도 있었다.

링커들은 이미 처음 주술의 각인을 맺을 때, 주술의 악마에게 수명의 절반을 건네준다. 그 과정에서 영혼도 절반이 날아가 버린다.

50년간 검은숲에 갇혀 있었던 노인에게는 이미 그 사실은 머나먼 과거의 기억일 뿐이다.

제대로 기억하고 있을 리가 없었다.

때문에 미련을 버리지 못하고 펜릴의 몸을 구석구석 다시 돌아다녔다.

에너지를 빼앗긴 펜릴은 더 이상 마나를 움직일 수 없었다.

그때, 펜릴의 심장근처에서 새로운 에너지원을 발견할 수 있었다. 마치 고체마냥 딱딱하게 굳은 그 에너지원은 엄청난 힘을 간직하고 있었다.

'남은 영혼의 절반이 여기있었구나.'

영혼의 형태는 인간마다 다양하다.

마치 물처럼 액체인 경우도 있고, 안개처럼 기체인 경우도 있다. 돌처럼 굳었다고 해도 이상한 건 아니다. 하지만, 돌처럼 굳은 영혼의 경우 수명이 그리 길지 못하다.

'어차피 오래 못살 팔자였군.'

노인은 망령의 에너지를 소비하며 그 에너지원을 빼앗았다.

그러자 갑자기 폭포수처럼 엄청난 에너지가 쏟아져 나오기 시작했다.

펜릴이 가지고 있던 마나가 파란색의 물결을 지니고 있다면 이 에너지는 붉은 폭포와도 같았다.

'어, 엄청나구나!'

인간 수 십, 아니 수 백명의 영혼에너지를 합친 것보다도 많은 양이다.

이 정도라면 펜릴의 영혼을 흡수하는 것 만으로도 검은 숲을 탈출 할 수 있는 힘을 얻을 수 있다.

고체였던 영혼이 점점 액체로 변했다. 그리고 발가락부터 점점 차오르기 시작했다. 노인은 그 힘을 하나라도 남기지 않겠다는 듯 계속 흡수했다.

망령이 하루에 흡수할 수 있는 인간의 영혼은 3개다.

무리하면 4개까지도 가능하지만, 굳이 무리해가면서 흡수를 할 필요가 없다.

펜릴의 가슴에 있던 붉은 영혼은 그 양을 넘긴 엄청난 양이다.

노인은 에너지를 흡수하다가 아차 싶었다.

도저히 혼자 흡수할 수 있는 양이 아니기 때문이다.

끼기긱, 기긱-

망령이 이상한 소리를 내기 시작했다.

인간은 자연이 빚어낸 폭포를 혼자의 힘으로 막아설 수 없다.

이것도 그러했다.

망령의 힘으로는 도저히 폭포수처럼 쏟아지는 영혼에너지를 감당할 수가 없어진 거다.

'대, 대체 어떻게 된 거냐!'

망령의 배가 꽉 차자 도리어 영혼의 에너지가 망령이 가지고 있던 에너지를 도로 빼앗아오기 시작했다.

노인은 화들짝 놀랐다.

지금껏 많은 인간들의 영혼을 봤지만 이런 경우는 처음이었다.

발끝부터 머리까지 붉은 에너지가 차오르자 더 이상 보관할 곳이 없어진 펜릴의 몸은 자연적으로 그 힘을 내보내기 시작했다. 가슴에서는 홀을 만들어 내 내보내지는 것 절반 이상을 그곳에 담기 시작했다.

노인은 머리가 어지러웠다.

그곳으로 빨려 들어가고 있는 게 느껴지기 시작한 거다.

그때, 노인에게 이상한 침입자가 느껴졌다.

몸에서는 비릿한 냄새가 풍겨온다.

그리고 펜릴의 몸이 뜨겁게 달아올랐다.

노인은 침입자의 얼굴을 확인할 수 있었다.

끼에에에─

케케케!

괴상한 웃음소리를 내는 그 침입자는 한손에 작은 삼지창을 들고 있었다.

링커들이 각인을 맺을 때 그것을 관리하고 관장하는 주술의 악마인 것을 링커가 아닌 노인이 알 리가 없었다. 자기가 관리하는 펜릴의 영혼에 문제가 생기자 나타난 거다.

주술의 악마는 곧바로 펜릴의 몸에 생성된 열기를 흡수해버렸다.

'나, 나가야된다!'

노인은 망령과 함께 탈출을 감행했다.

방금 전만 해도 어떻게든 탈출이 성공할 것만 같았다.

그런데 그 침입자가 나타나고 난 뒤로는 도저히 망령이 펜릴의 몸에서 벗어날 수가 없었다.

이대로라면 노인은 꼼짝없이 망령과 함께 펜릴이 생성한 가슴 속에 홀로 들어갈 판이다. 몸을 빼앗으려다가 자기가 빼앗길 처지가 된 거다.

노인은 강제적으로 망령과 연결되어 있는 영혼의 끈을 잘라 버렸다.

영혼은 펜릴의 몸에서 벗어나 다시 노인의 몸으로 들어왔다.

"쿨럭!"

피가 한 줄기 입 밖으로 터져 나왔다.

지팡이를 쥐고 있는 손에서 힘이 풀려 그대로 앞으로 꼬꾸라졌다. 노인이 다루고 있는 망령들이 노인의 몸을 지켜냈다.

노인은 자기 옆에 모인 망령의 숫자를 세어 보았다.

하지만, 세어 볼 필요도 없었다.

두 마리.

망령 한 마리는 돌아오지 않았다.

◆

크워어-

펜릴은 낯설지 않은 울음소리에 눈이 번쩍 뜨였다.

정신이 들기 시작하자 바로 앞에 있는 붉은 트롤이 보이기 시작한다.

트롤은 펜릴을 향해 도끼를 내리 찍었다.

쿠웅!

펜릴이 있던 땅이 깊게 파였다.

"……."

펜릴의 몸은 멀찌감치 에서 나타났다.

'몸이 왜 이렇게 가볍지?'

피하려고 마음만 먹었는데 몸이 저절로 움직인 것 같다.

마치 새털처럼 가벼운 느낌.

당최 어떻게 된 일인지 알 수가 없는 노릇이다.

붉은 트롤과 싸우다가 펜릴은 중간에 망령의 습격을 받고 바닥으로 추락했다. 그리고 망령과 주도권 싸움을 위해 내부에서 싸움을 벌이다가 결국 패배했다.

에너지를 빼앗기는 걸 도저히 막을 수가 없었다. 꼼짝 없이 죽음을 예상했는데, 정신을 차려보니 되돌아 와있다.

펜릴은 트롤을 앞에 두고 몸을 살펴보았다.

키에에엑-

키릭, 키리릭.

여전히 두 마수의 울음소리는 들려온다.

펜릴은 각성도 해보았다. 두 마리의 마수들은 곧바로 밖으로 다시 튀어 나왔다.

'빌어먹을, 이게 뭐야?'

펜릴은 잠시 후, 허탈한 표정을 지었다.

마나가 없다. 한 줌도 없다.

창고자체가 아예 사라졌다.

마나연공법으로 항상 마나가 다니던 '길'이 존재한다. 그런데 그 길이 모두 막혀버렸다. 끊긴 것도 있고 손상이 간 것도 있다.

손상이 간 곳은 시간이 지나면 돌아오지만 끊긴 것은 절대 다시 붙일 수 없다. 다른 길을 찾는 것 말고는 없다.

몇 년간 모으고 확장시켰던 창고가 사라진 거다.

마나연공법은 단순히 펜릴을 강하게만 만드는 게 아니다.

이건 수명의 연장이다.

'그런데 내가 왜 이렇게 빠르지.'

트롤은 여전히 펜릴을 죽이기 위해 도끼를 여러 차례 휘두른다.

바람이 머리카락이 흔들릴 정도로 불어온다.

저 트롤은 망령이 펜릴을 공격하자 동시에 멈췄다. 살아 있을 때, 망령이 영혼의 에너지를 취하는 것이 가장 큰 이득을 볼 수 있기 때문이다. 지금까지 여태 다른 사람들도 죽기 직전, 그런 식으로 당했다.

펜릴은 정말 몸이 가벼웠다.

컨디션이 좋다고 만 할 수는 없는 몸놀림이다.

곤조의 발목과 상관이 없다.

'일단, 이 녀석부터 어떻게든 해보자.'

붉은 트롤같은 녀석이 바깥으로 나가면 골치 아파진다.

끊임없는 재생으로 펜릴의 간담을 서늘하게 했던 녀석이다.

펜릴은 날카로운 도끼의 풍랑 속에서도 가벼운 몸놀림으로 트롤의 지척으로 다가가 다리를 베었다. 갑자기 심장 부위에서 거대한 흐름이 느껴져 오더니 그것이 블랙 맨티스의 손톱까지도 전해진다.

"뭐야!"

펜릴 스스로가 깜짝 놀랐다.

스으으ㅡ

머릿속으로는 괴상한 울음소리가 들린다.

맨티스도, 곤조도 아니다.

이상한 녀석이 지금 심장 부위에 서식하고 있다.

그 녀석은 펜릴의 의지와 상관없이 몸을 구석구석 돌아다녔다. 마치 마나와도 같은 느낌이다. 마나가 펜릴의 의지와 상관 없이 전신을 돌아다니던 것처럼.

쿠웅!

종이라가 그대로 베여서 바닥으로 뚝 떨어졌다.

트롤은 자세가 무너지며 발라당 넘어졌다. 그런데 베인 부분이 꿈틀꿈틀 거리더니 재생되지가 않는다. 펜릴이 고전했던 이유가 뭐란 말인가!

베면 벨수록 빠른 재생속도에 질려버렸던 탓이다.

마나를 검에 담을 수 있다. 그건 기사들이나 용병들도 가능하다. 풍부한 마나량이 뒷받침 된다면 장시간은 아니더라도 잠시 검의 예기를 굉장히 높이 가져갈 수 있다.

그런데, 지금 심장에 있는 이상한 기운은 펜릴의 맨티스의 손톱까지 날카롭게 만들고 트롤의 몸에 이상까지 가져왔다.

펜릴은 무심한 표정으로 트롤의 목을 단숨에 베어 버리고 두개골을 박살 내 뇌를 뚫었다.

단단한 두개골이 마치 두부처럼 베여나갔다.

'대체⋯⋯.'

스아아아─

'넌 뭐냐.'

◆

끼이익.

갑자기 문이 열리는 소리에 펜릴은 고개를 기우뚱했다.

"나와라, 인간."

감옥을 관리하는 그 오크다.

펜릴이 밖으로 나오자 오크 말고는 아무도 보이지 않는다.

"다른 사람들은 어디 있지?"

붉은 트롤을 상대한 게 자기밖에 없다는 걸 펜릴은 모르고 있었다.

자기가 살아남았다면 오르도도 붉은 트롤을 상대하고 살아남았을 것만 같다.

"방에 돌려보냈다."

"그래?"

펜릴은 머리를 긁적였다.

오크가 숨을 한 번 몰아쉬더니 다시 말을 했다.

"인간들을 데리고 나가는 게 좋을 거다."

"뭐?"

"주인이 일부 몬스터나 마수에 대한 통제를 잃었다. 그들을 통제하는 건 주인이 가진 망령들의 힘이다. 하지만, 망령들이 가지고 있던 힘의 균형에 균열이 갔다."

오크는 펜릴에게 열쇠뭉치를 던져 주었다.

펜릴은 열쇠뭉치를 받았다.

그러면서도 오크가 자신에게 왜 이 열쇠뭉치를 주는 지는 이해할 수 없었다.

주인이 가진 통제력에 문제가 생겼기 때문에 앙금이라도 품고 있었던 걸까.

"너도 망령을 지니고 있다. 그래서 너에게 호의를 베푸는 것 뿐이다. 나는 망령의 노예, 시야와 기억을 공유할 수 있다. 주인은 내 경고를 무시하고 너를 죽이려다 실패한 대가를 받았다. 하지만, 주인은 강하다. 아니, 주인의 망령들은 강하다. 인간의 에너지를 흡수하고 더욱 강해졌다. 금방 균형을 유지하고 마수들을 이끌고 너희들을 죽이려 들거다. 빨리 나가라. 너는 내 경고를 무시 하지 마라."

오크는 금방 숨이 차는 지 가슴이 오르락내리락 하는 시간이 굉장히 길어졌다.

오크는 그저 노인의 명령을 들었던 것뿐이지 인간들에 대한 감정자체는 아무 것도 없었다. 오히려 자신을 노예로 삼은 노인에 대한 감정이 좋을 수가 없었다.

오크는 떠나는 펜릴에게 한 마디 툭 내뱉었다.

"행운을 빈다, 인간."

◆

'내가 망령을 지니고 있다고?'
방으로 뛰어가는 펜릴은 머리를 흔들었다.
'그게 지금 중요한 게 아니지.'
일단 이 감옥의 탈출이 우선이다.
'그 주인이라는 녀석을 죽일까?'
이 문제에 대한 원인는 바로 주술사가 발생시킨 거다.
그들은 원정대를 위기로 몰고 모조리 죽이려 들었다.

펜릴도 그에 대한 악감정이 남아 있었다.

이대로 도주한다면 뒤에 좋지 않은 찝찝한 감정을 지우지 못할 것 같다.

'아서라, 그 주인이라는 녀석이 망령을 지니고 있다면 최고의 방패를 가진 거다.'

차라리 기회가 있다면 그 오크가 펜릴에게 일러줬을 수도 있다. 망령이 하나 없다고 주술사가 굉장히 약해진 건 아니다. 망령하나를 가진 주술사 하나가 기사 십 수 명을 참혹하게 죽일 수 있는 능력이 있다 하지 않던가.

'일단은 이 지긋지긋한 감옥에서 벗어나 하루 빨리 검은 숲에서 탈출하는 것이 최우선이다.'

오크가 주인이라고 부르는 그 주술사는 분명 이 검은숲의 제왕이다. 한 가지 문제가 있다면 이 검은숲에서 벗어날 수 없는 저주에 걸린 것 뿐.

검은숲에서 벗어나기 위해 그는 인간들의 영혼을 에너지로 빨아 들였다.

여기서 펜릴이 할 수 있는 건 그저 빠르게 검은숲에서 탈출하는 것뿐이다.

펜릴은 익숙한 공간이 보이자 곧바로 열쇠뭉치를 꺼내 들었다.

"뭐냐?"

오크들이 펜릴을 쳐다본다.

펜릴에게 열쇠뭉치를 건네준 오크는 간수장이다. 오크들을 관리하고 인간들을 매일 9명씩 감옥에서 꺼내 와 에너지로 삼기 위해 데려간다.

주술사는 펜릴에게 망령을 빼앗기면서 일부 몬스터의 통제력을 잃었다. 저들은 아직까지 통제력이 살아 있다.

간수장 오크 밑에서 부단히 인간들을 괴롭히고, 네로는 저들을 보면 치를 떤다.

"어떻게 바깥으로 나온 거냐?"

그 오크들은 펜릴을 향해 물었다.

감옥 안에 있는 용병들이나 기사들은 오크들의 목소리가 자신이 알고 있는 자들과 흡사 하자 몸을 부르르 떨었다. 망령이 영혼을 빼앗고 인간들의 신체 구조를 그대로 오크들에게 붙였기 때문이다.

펜릴은 열쇠뭉치를 오르도가 있는 곳으로 던졌다.

"나오시죠."

"그러지."

오르도 대신 옆에 있던 바스티안이 열쇠를 받았다. 열쇠가 워낙 많아서 문을 따는 열쇠가 정확히 어떤 건지 하나하나 맞춰보는 껏 말고는 방법이 없었다.

펜릴은 그때까지 농담 따먹기나 할 생각은 없었다.

통제력을 잃은 마수들은 죄다 자신들의 의지를 가지고 도망쳤다.

이들이 이곳에 남아있다는 것은 아직까지 주술사의 통제를 받고 있다는 얘기다.

펜릴은 손등과 발목을 동시에 각성시켰다.

"너희들은 여기서 죽어야겠다."

?.

"조금 떨어져 봐요."

열쇠로 문을 연 감옥을 제외하고는 펜릴은 블랙 맨티스의 손톱으로 깔끔하게 창살을 제거했다. 감옥 안에 있는 사람들 중 그 누구도 펜릴을 신기하게 쳐다보는 사람은 없었다.

펜릴은 이미 오크에게 끌려가 수일을 버텨냈다.

그런 사람이 특이한 능력을 소유하고 있다는 것은 어찌 보면 당연한 일일 지도 모른다.

"링커가 원정대에 참여하지 않기를 바랐는데, 이런 식으로 도움을 받는군."

최근 며칠 사이 오르도의 얼굴은 상처가 가득하다.

그도 자기의 검술로 트롤들과 싸워 살아남은 대단한 사람이다. 오르도의 말에 펜릴이 피식 웃었다.

"불사의 초가 필요했습니다."

"찾았나?"

"글쎄요."

두루뭉술한 대답이다.

펜릴도 모르겠다.

정확히 망령과 자신이 어떤 일이 일어났는지 알 수는 없다.

다만, 뒤늦게 알아차린 건 가슴 주머니에 넣어두었던 붉은사과가 사라졌다는 것뿐이다.

그게 불사의 초였는지, 혹은 어떤 작용을 하는 물건인지는 더 지켜봐야 알 일이다.

"이봐, 이봐. 잡담은 여기 나가서 하자고."

한스의 말에 펜릴이 고개를 살짝 끄덕였다.

그의 말이 맞았다. 여기서 지체할 시간 따위는 없다.

"가죠."

원정대는 누구나 할 것 없이 뛰기 시작했다.

펜릴은 익숙한 길을 찾아냈다.

"여기요!"

첨벙!

펜릴의 얼굴에 바닥에 고여 있던 피가 튀었다.

이곳은 매일 같이 펜릴이 오크들에게 끌려갔던 그 방이 있던 장소다. 공교롭게도 이곳이 나가는 길이 맞다. 펜릴은 이곳의 길을 어렴풋이 알고 있다. 이미 이 동굴에 끌려올 때부터 그는 정신이 깨어있었기 때문이다.

펜릴은 아홉 개의 방이 보이자 고개를 좌우로 돌렸다.

'없군.'

그에게 열쇠를 넘겨 준 오크 간수장의 모습이 보이지 않는다.

이미 몸을 뺀 뒤인 것 같다.

그에게 좋지 않은 감정을 가지고 있는 자들은 많다.

특히 네로의 손에 그 오크가 죽을 수도 있다.

차라리 잘 된 일이다.

어쩔 수 없이 말을 들을 수밖에 없었던 오크를 이대로 죽이고 싶은 마음은 전혀 없었다.

펜릴은 방 앞에서 멈췄다.

"잠깐만요."

펜릴은 맨티스의 손톱으로 죄다 문을 잘라냈다. 문 안에는 무기 진열대가 있다. 어느날 트롤에게 진열대가 박살이 난 적 있었다. 그런데 그 다음날 깔끔하게 진열대가 복구되어 있었다.

역시나 진열대에는 많은 종류의 무기들이 있었다.

원정대의 전부가 무기 없이 맨손이다. 이대로 검은숲을 헤쳐 나갈 수는 없는 노릇이다.

검은숲에서의 적은 주술사뿐만이 아니라 언제 어떻게 나타날지 모르는 마수들이다.

기사들은 대부분이 검을 사용한다.

진열대는 검만 걸려 있는 게 아니다.

창도 있고 할버드도 있고 방패도 있고, 활도 있다.

각자 아쉬운 대로 무기를 골랐다.

모두에게 무기가 돌아간 것은 아니었다.

용병들과 기사들이 섞여서 골고루 가져갔다.

펜릴은 아무도 사용하지 않는 활을 들었다. 화살통이 없어 화살은 급한 대로 허리춤에 몇 개 꽂았다. 무기가 없는 사람들은 화살을 드는 사람들도 있었다.

그것이 훌륭한 무기가 되지는 못할 거다. 특히나 마수를 상대로는. 하지만, 그건 그것대로 마음의 위안을 가져온다.

"쇼핑할 시간 없다! 어서 나가자!"

얼마만인지 네로가 맞는 소리를 했다.

펜릴은 고개를 무겁게 끄덕이고 다시 달려가기 시작했다.

'빌어먹을, 슬슬 헷갈리기 시작하는 군.'

그때는 검은 안개에 쌓여 있어 제대로 보이는 게 없었다.

오로지 지금 감으로만 이동하고 있는 거다.

'왼쪽? 오른쪽?

양갈래 길이 나왔다.

펜릴의 눈은 번갈아가며 양쪽을 쳐다보았다.

"뭐하나!"

네로가 뒤에서 재촉을 했다.

"혀, 형님."

카를로스가 네로를 말렸다.

이곳의 길잡이는 이제 펜릴이다. 생사여탈권을 펜릴이 쥐고 있다는 소리다. 펜릴의 실수는 곧 죽음으로 이어진다.

"젠장."

네로가 입을 꾹 다물었다.

펜릴의 심정도 네로와 크게 다르지 않았다. 길잡이인 본인도 이제 자신이 맡은 임무가 얼마나 막중한지 알고 있다.

쉬이이—

그때, 바람소리가 들려오기 시작한다.

펜릴은 눈을 살짝 감고 정신을 집중했다.

'오른쪽이다!'

펜릴은 지체 없이 오른쪽의 어두운 공간으로 몸을 던졌다.

유일하게 바람이 통하는 곳이다.

"확실하나?"

오르도가 조심스레 물어왔다.

펜릴은 그저 고개를 끄덕이는 것 말고는 대답할 말이 없었다.

카아아악!

원정대의 앞으로 마수들이 여럿 보였다.

그 숫자가 무려 스무 마리쯤은 되 보였다.

'주술사의 노예들인가?'

그런 게 중요한 건 아닌 것 같다.

오크는 생각을 할 수 있는 머리가 있었다.

통제가 풀리자 그는 자신의 인생을 찾아 도망갔다.

하지만, 대부분의 마수들은 지능이 거의 없다.

통제가 풀리든 풀리지 않던 원정대에게는 위협이 갈 만한 존재라는 거다.

펜릴은 무릎에 살짝 힘을 주고 앞으로 달려 나갔다.

그러자 마치 화살처럼 몸이 쏘아져 날아갔다.

"마, 말도 안돼는……."

일부 기사들이 입을 쩌억 벌렸다.

사람이 저렇게 빠르게 움직인다는 건 듣도 보도 못했다.

펜릴 스스로도 제어가 되지 못할 만큼 빠른 속도였다.

그는 순식간에 마수들의 뒤로 움직여 착지했다.

그리고 등을 돌려 곧바로 마수들을 학살하기 시작했다.

호랑이 머리를 한 마수도 있었고, 머리가 두 개, 세 개 달린 개도 있었다.

주술사가 데리고 있던 키메라 같았다.

'확실히 몸이 가볍다.'

심장에서 쏟아져 나오는 힘은 줄지 않는다. 아무리 쓰고 써도 마르지 않는 우물 같았다.

이쯤 되자 심장에 있는 망령의 존재가 부담스러웠다.

펜릴에게 허락된 재능이 분명히 발목을 잡을 수도 있다.

자기에게 허락된 재능을 넘은 링커가 어떻게 됐는 지 펜릴은 보았다.

그렇기 때문에 두려움이 사라지지 않는 거다.

카아악!

펜릴은 마수들의 목을 베어버렸다.

맨티스의 손톱 앞에서 잘리지 않는 것 따위는 없다.

특히 망령의 힘이 합쳐진 이상 어떤 소재로 만든 무기라 해도 펜릴은 맞상대해서 이길 자신감을 얻었다.

원정대가 펜릴의 위치에 도달하기 전에 무려 20마리가 넘는 마수들을 죄다 베어버렸다.

지치지도 않는다.

'정말 내가 얻은 건 불사의 초란 말인가.'

고개를 내저었다.

아직은 알 수가 없는 노릇이다.

"다 왔다!"

더 깊은 생각을 하기도 전에 빛이 보이기 시작했다.

이 지긋지긋한 곳의 끝이 보이자 원정대의 발걸음이 빨라졌다.

"이제 이 방향으로 난 오줌도 싸지 않겠다!"

한 용병의 말에 대부분이 피식 웃었다.

펜릴도 그 중 하나였다.

"밖이다!"

감옥을 탈출하자 강렬한 햇빛이 맞이한다.

며칠 동안 빛을 보지 못했던 원정대는 소매로 눈을 가리고 시선이 저절로 내려갔다. 그러자 길게 늘어진 그림자들이 수 십, 수백 개가 보이기 시작한다.

서서히 시간이 지나자 시야가 돌아오기 시작하고 점점 뜬 눈으로 앞을 보기 시작했다.

쿵! 쿵! 쿵!

정기적으로 무언가가 바닥을 찧는 소리가 들린다.

펜릴은 곧바로 그 소리의 주체를 발견할 수 있었다.

노인이다.

그 노인이 의자에 앉아 있다.

노인의 얼굴은 병색이 완연하다. 눈 밑에는 짙은 다크서클이 깔려 있고 옷에는 그의 피로 보이는 흔적들이 발견된다. 허리는 더 없이 굽었고 굳이 의자에 앉을 필요가 있을 정도로 위태위태하게 지팡이로 몸이 앞으로 넘어지지 않게끔 의지하는 모습으로 보인다.

그 의자 밑으로 오크 4마리가 각각 한 방향씩 맡아 들고 있다.

그 노인의 옆으로는 두 개의 작은 구름이 둥실둥실 떠 있는 모습이다.

'저건……'

분명히 망령이 틀림없다.

그렇다는 건 저 노인은 망령을 다루는 사람, 주술사!

"끌끌끌……"

노인은 턱을 움직이며 웃기 시작했다.

쿵!

그리고 지팡이의 움직임이 멈췄다.

쏴아아아!

강력한 바람이 불어왔다. 그 바람은 노인의 옆에 머물렀다.

그런데 그 바람이 있던 곳에 마수들이 하나 둘씩 나타나기 시작했다.

펜릴은 인상을 구겼다.

'너무 시간을 오래 끌었다.'

오크의 경고대로 펜릴은 빠르게 이곳에서 탈출했어야 한다.

노인은 지치고 죽기 일보 직전의 사람처럼 초췌한 모습이다.

하지만, 강력한 건 노인의 몸이 아니라 바로 그가 다루고 있는 망령들이다.

저 망령들을 모두가 두려워한다.

인간이고, 마수고 가리지 않고.

"도망갈 수 있다고 생각했느냐?"

노인의 시선은 원정대를 향한다. 그중 선두에 서있는 펜릴을 지긋이 노려본다.

펜릴의 몸이 떨려온다.

지독한 공포다.

저 공포감이 펜릴을 절망의 구렁텅이로 집어넣는다.

망령하나가 노인의 주변을 벗어나 하늘을 뒤엎었다.

펜릴의 가슴에서도 기운이 요동치기 시작했다.

그리고 그 기운은 구체적으로 점점 형상화를 하기 시작했다.

'이건······.'

펜릴의 옆으로도.

망령 하나가 떠오르기 시작했다.

monster link 탈출 몬스터 링크

탈출
monster link

"네놈이!"

노인은 입 안 어딘가가 굉장히 쓰다.

지독했던 생활이다.

무려 50년.

검은숲에서의 삶.

과거 이민족은 한 곳에 정착하지 못하고 떠돌이 생활이 길어졌다. 그 단위가 제법 되었는데, 당시 잘못을 저지른 사람들은 여지없이 검은숲으로 추방시켰다.

굶는 가족을 위해 빵 한 조각 훔친 것이 결국은 여기까지 오게 되었다.

노인은 검은숲에서 살아남기 위해 별 짓을 다했다.

처음에 같이 왔던 다른 범죄자들 또한 또 하나의 적이었다.

노인은 운이 좋았다.

아무도 그가 주술사가 되었다는 사실을 몰랐다.

처음에는 외로움에 매일 같이 눈물로 밤을 지새웠다.

그러다 망령 하나가 자신을 찾아왔다. 그 망령은 지금껏 노인의 목숨을 지켜주었다.

그 이후로 검은숲에는 사람의 발길이 끊겼다.

노인은 또 다시 지독하게 외로워졌다.

그렇게 성장해갔다.

10년이 지나자 또 하나의 망령이, 그리고 20년이 지나자 또 하나의 망령이 찾아왔다.

노인은 조금씩 자신감이 생기기 시작했다.

지금 노인의 영혼은 한 망령의 힘이 강력한 금제를 걸어 놨다.

검은숲으로 추방될 당시 주술사들은 범죄자들에게 모두 금제를 걸었다.

검은숲에서 탈출을 할 수 없는.

출구쪽으로만 이동하면 모두 영혼이 불타 버렸다.

노인은 몇몇 살아남은 자들이 출구쪽으로 도망가다 죽는 것을 보고 탈출의 꿈을 접었다.

그런데 어느날, 노인은 자신의 금제가 점점 약해져간다

는 걸 느꼈다.

'주술사가 죽었구나!'

금제는 강력하다.

도저히 어떻게 만져볼 수가 없었다.

무려 세 마리나 망령을 다루는 노인으로써도, 주술사가
건 금제를 풀 방법이 없었다.

그런데 날이 갈수록 금제의 힘이 점점 약해졌다.

이건 하나 뿐이다.

주술을 건 주술사의 죽음.

노인은 희망을 찾았다.

도저히 어떻게 할 수 없었던 금제를 망령의 힘으로 조금
씩 해체를 할 수 있었기 때문이다.

게다가 또 하나의 희망이 찾아왔다.

검은숲으로 들어온 제국인들!

노인은 50년 동안 망령의 힘을 키울 수 있는 방법이 딱
히 없었다. 가끔, 이민족들이 이곳에 들어와 그들의 영혼
을 흡수하는 것뿐이었다.

그런데 이번에는 무려 수백 명이나 되는 인간들이 찾아
온 거다. 그들의 힘을 흡수하면 망령들이 자신의 영혼에
걸린 금제를 푸는 시간이 더욱 빨라질 것이 분명했다.

그런데 뜻하지 않은 일로 망령 하나를 잃었다.

제국인들.

그들의 선두에 서있는 한 남자.

그의 옆에는 지금까지 보아온 망령과는 다른, 붉은 망령이 두둥실 떠오르고 있었다.

화가 날 수밖에 없다.

짧게는 수십 년, 길게는 50년 가까이 노인과 함께한 망령이다.

이 지독했던 곳에서 외로움을 버텨낼 수 있게끔 해줬던 망령들이란 말이다.

"네놈만큼은, 네놈만큼은 도저히 용납할 수가 없다!"

노인의 외침에 주변을 맴 돌던 망령 하나가 하늘을 어둠으로 뒤엎었다.

◆

'젠장, 상황이 어떻게 돌아가는 지 알 수가 없네.'

펜릴은 자신의 옆에 떠오른 붉은 망령을 보며 인상을 살짝 구겼다.

오크 간수장의 말대로라면 이것은 분명히 망령이 맞는 것 같다. 게다가 예민한 주술사의 반응을 보면 확신을 할 수 있다.

노인의 망령을 자신이 흡수한 건 맞는 것 같다. 그런데 당최 이게 왜 갑자기 나타난 건 지는 알 수가 없다.

스아아—

망령은 괴상한 소리를 냈다.

'설마⋯⋯.'

펜릴의 가슴 언저리가 어딘지 모르게 싸늘한 기분이다.

손을 가슴에 댄 펜릴은 어떤 느낌도 받을 수 없었다.

'심장인가?'

심장이 각성을 한 거다.

살아생전 인간의 몸속에 있는 장기까지도 각성을 할 수 있다는 얘기는 당최 처음 듣는 얘기다.

아니, 시도조차 해본 사람이 없을 거다. 누군가 자신의 몸을 까고 그 안에 장기를 대체 할 수 있는 무언가와 각인을 한다니.

미치지 않고서는 시도해보지 않을 일이다.

링크의 역사는 짧다.

폐쇄적인 북방 이민족들에게 정보를 쉽게 얻을 수 없고 오로지 짧은 역사 속에서 얻은 지식으로 정보가 퍼질 뿐이다. 하지만 그 역사가 긴 이민족들에게도 이런 일은 쉽게 받아들여지지 않을 만큼 놀라운 일일 거다.

저건 분명 펜릴의 심장이 각성을 하고, 형상화 한 거다.

그런데 참 놀라운 일이다. 심장이 없는 데도 펜릴은 이렇게 숨을 쉬고 있고 움직이는 데 아무런 문제가 없다. 자세히 보면 그 망령과 펜릴은 붉은실이 연결되어 있다. 그실은 만져지지도 않는 영혼의 선이다.

'리치가 된 기분이군.'

마법사들 중, 극히 일부.

사악한 힘을 받은 흑마법사들은 자신을 해골로 만들고 생명력의 원천인 라이프 베슬을 만들어 어딘가에 보관한다고 들었다.

그 라이프 베슬이 파괴되지 않는 한, 리치는 무적이 된다.

펜릴은 피식 웃었다.

자신도 모르는 사이에 3차 각성자가 된 것이다.

물론 완벽한 3차 각성자라고 볼 수는 없지만.

심장, 손등, 발목.

모두 잠식 부위가 적은 곳일 뿐이다.

하지만, 그렇기 때문에 몸에 오는 부담을 최소화 시킬 수 있다. 놀랍게도 펜릴의 현재 몸은 과연 링커가 맞는 지 의심스러울 정도로 잠식범위가 적다.

펜릴의 시선은 자연스럽게 오른쪽에 있는 망령에게 옮겨 간다.

'이제 이걸 어떻게 사용해야 되지?'

펜릴은 망령의 사용법에 대해서 전혀 아는 바가 없다.

갑자기 그냥 펜릴이 위험에 처하자 각성을 하여 밖으로 형상화 된 것뿐이다.

노인의 망령은 시시각각 원정대의 목숨을 노린다.

'어떻게든 해봐.'

분명한 건 마수들도 그렇고 자신들의 의지를 가지고 있다는 거다. 아니, 자아를 가지고 있다.

위기에 처한 펜릴을 향해 힘을 빌려주겠다며 시끄럽게 소리를 내는 곤조나 블랙 맨티스를 보면 그렇다.

그들은 펜릴에게 인간을 초월한 자신들의 능력을 빌려주고 그 대가로 펜릴의 몸을 잠식해간다.

펜릴은 망령의 능력을 모른다.

그러니까 좋을 대로 하라는 것뿐이다.

적어도 지금까지의 경험으로 비추어 봤을 때, 각인이 된 마수들은 분명히 펜릴에게 해가 되는 일은 하지 않는다는 거다.

하늘을 뒤엎은 어둠은 곧바로 안개가 되어 내려와 원정대를 덮쳤다.

"큭!"

원정대는 순식간에 손발의 제어를 잃었다.

그건 펜릴이라고 다를 게 없었다.

다만, 펜릴의 옆에 있던 망령만큼은 이 속에서도 굉장히 자유로웠다는 거다.

펜릴의 눈짓에 망령이 하늘로 올라갔다.

그러더니 순식간에 하늘을 다시 붉게 물들였다.

원정대의 손발을 묶던 속박은 사라지고 움직이는 데 불편함을 느낄 수가 없었다.

"뚫고 지나가야 됩니다!"

"어, 어? 그, 그래!"

철혈의 남자.

그 오르도가 당황하고 있다.

그만큼 망령들의 싸움에 정신이 나갔다는 얘기다.

그는 곧바로 정신을 차리고 원정대를 이끌었다.

"이, 이건 말도 안 된다!"

노인은 인상이 구겨졌다.

그는 기본적으로 주술사들 간의 싸움을 해본 적이 없다.

검은숲에 들어와서 주술사가 되었기 때문이다.

항상 압도적으로 인간들을 죽이던 그의 능력에 한계가 찾아온 거다. 이런 위기를 타파할 방법을 알 도리가 없었다. 경험이 없으니까.

수 십 년간 인간들의 영혼을 흡수해온 망령의 힘이 밀린다.

그럴수가 있나?

그런데 지금 그런 상황에 직격했다.

노인은 자기 옆에 머물고 있는 망령 하나를 움직일 순 없었다. 이건 최후의 보루다. 이 망령이 노인을 떠나면 노인을 지켜줄 강력한 방어가 사라진다.

펜릴이 들고 있는 망령은 심장에 홀을 생성한 붉은 사과를 먹고 자라는 놈이다. 그 에너지는 엄청나다. 인간들 수 십, 수 백명에 버금간다고 노인이 짐작하지 않았던가.

그 힘을 지금 망령 하나가 모조리 독식해버린 거다.

마법사들은 마나를 끌어 모으면서 점차 강해진다.

망령은 인간의 영혼을 흡수하면 강해진다.

하지만, 북방의 이민족들은 무분별한 주술사들의 영혼 흡수에 전쟁 외에는 동족을 흡수하는 것에 대해 철저하게 금했다.

그렇기 때문에 세간에 알려진 주술사의 힘은 오히려 더욱 과소평가 된 경우가 있었다.

실제로 전쟁을 경험해본 제국인들 중 일부는 주술사들의 강력한 힘에 사단 하나가 전멸할 정도로 치욕적인 과거를 안고 있을 정도다.

물론, 펜릴의 망령은 그런 힘을 가지고 있지 못하다.

애초에 철저한 장단점이 있었다.

펜릴의 빠르기는 마나가 있을 때보다도 더욱 느려졌다.

망령은 심장이 각성을 한 거다. 그런데 그 심장에 홀을 생성하였기 때문에 현재 펜릴의 몸에는 철저하게 마나나 홀을 생성한 붉은 사과의 힘이 전혀 없다.

　이제 그는 링커의 힘을 제외하고는 일반인과 크게 다를 게 없는 상태가 되었다.

　게다가 망령의 힘은 결국 링커의 힘이다. 링커는 각성을 해야 자신의 힘을 발휘할 수 있다. 각성을 하면 잠식이 진행된다.

　펜릴이 망령을 외부적으로 사용을 하기 위해서는 잠식의 패널티를 감수해야 된다는 얘기다.

　펜릴의 붉은 망령은 노인의 망령을 완전히 제압하고 마수들의 일부를 속박시켰다.

　펜릴은 몸이 굼뜬 마수들을 골라 공략을 시작했다.

　"저놈들만 죽인다면 이곳에서 살아나갈 수 있다! 모조리 공격해라!"

　오르도의 얘기에 힘을 얻은 원정대들은 마수들 진영의 측면을 완전히 무너뜨렸다.

　펜릴도 선두에서서 마수들을 학살했다.

　이마에는 땀이 송골송골 맺혔다.

　'오래할 짓은 못 되는군.'

　펜릴은 지금 무려 3개의 마수들을 각성시켰다.

　몸에는 마나까지 잃은 상태니 만큼 체력이 급격하게 떨

어지는 건 당연한 행동이다.

특히 가장 많은 체력을 소모시키는 건 다름 아닌 망령이다.

아직 펜릴의 심장은 망령을 다루기에는 부담이 간다.

손등의 블랙 맨티스나 발목의 곤조는 각성을 자주 했기 때문에 상관없지만, 심장은 이른바 길들여지지 않은 거다.

"괜찮나?"

오르도가 펜릴을 향해 묻자, 펜릴이 고개를 살짝 끄덕였다.

"예."

대답은 짧게 한다.

체력소모가 심하기 때문에 말하는 것도 아낄 생각이다.

펜릴은 정신없이 마수들을 베어 넘겼다.

'이곳만 벗어날 때 까지만 버티자.'

곳곳에서 비명소리가 들려온다.

원정대의 숫자는 이제 많이 줄었다.

펜릴 뿐만이 아니다. 모두가 이제 지쳤다. 마수들의 수는 분명히 그보다 배는 많다. 그런데 이 암흑 같은 시간에도 결국에는 끝은 온다.

"뚫렸다!"

마수들의 단단한 벽이 완전히 뚫렸다.

원정대는 그곳으로 빠르게 몸을 날렸다. 뒤처지면 아무도 여기서 구해줄 수 없다. 마수들은 빠르게 벽을 다시 복구시킨다.

펜릴은 입을 꾸욱 다물었다.

망령들의 싸움이 분명히 치열한 것 같다.

분명히 망령의 싸움은 펜릴이 이기는데, 지치는 건 펜릴 쪽이다. 오히려 노인은 시간이 지날수록 더욱 평온을 되찾아가는 모습이다.

이게 바로.

경험이다.

노인은 망령들간의 싸움을 경험해보지 않았기 때문에 시간이 지날수록 능숙해지고 교활해진다. 게다가 펜릴은 망령에게 모든 걸 맡겼지만, 노인은 스스로 망령으로 변화하여 펜릴의 망령의 약점을 이리저리 공격하고 있다.

펜릴은 등에 매고 있던 활을 꺼내 들어 노인을 향해 겨냥했다. 허리춤에서 화살을 시위에 걸고 쏘아 내자 노인의 주변에 망령이 갑자기 거대한 막을 하나 형성하더니 순식간에 막아 버린다.

펜릴은 오르도를 향해 외쳤다.

"저 노인을 죽이지 않는 한은 우리는 검은숲에서 나갈 수 없어요!"

"지금은 안돼!"

원정대는 지쳤다. 며칠 동안 감옥에 갇혀 있었다. 체력적으로 그리고 심적으로 모든 것이 지금 바닥을 치고 있다. 지금도 희망이 없다면 아무것도 해낼 수 없는 움직임이다. 지금 이대로 저 노인과 끝장을 본다면 전멸밖에는 결론이 나오지 않는다.

'더 이상 버틸 수 없어.'

펜릴은 심장부위의 각성을 해제시켰다.

곧바로 움직임이 빨라지고 체력이 빠르게 올라갔다.

이미 원정대는 마수들의 벽을 뚫고 검은숲으로 들어왔다.

노인도, 마수들도 이들을 쫓아오지 않았다.

그건 당연하다.

이 검은숲은 저 노인과 마수들의 영역.

원정대는 도망갈 수 없다.

◆

평소보다 원정대의 정찰대는 더 멀리 나간다.

주술사가 다루는 망령의 힘 때문이다. 망령은 멀리서 자신의 힘을 끼칠 수 있다. 그렇기 때문에 주술사가 이동하는 대략적인 지형을 볼 수 있게 정찰대가 움직인다.

게다가 용병, 기사 가리지 않고 불침번을 섰다. 지친 용병만을 믿을 수는 없어서 오르도는 자신을 포함하여 기사들 까지도 불침번에 포함시켰다.

불침번에서 제외된 것은 오로지 펜릴과 네로, 카를로스 뿐이었다.

망령을 다룰 수 있는 건 펜릴이고 그가 망령을 다루는 것이 얼마나 체력적인 부담을 안고 있는 일인 지 다들 깨달았기 때문이다.

그것 때문에 그 누구 하나 반론을 제기하거나 혹은 불만을 터트리는 사람은 없었다. 실질적으로 원정대를 출구까지 이끌고 있는 것도 결국 펜릴의 능력이었다.

네로의 기사들이 만든 지도를 보면서 말이다.

정확하다고 할 수는 없지만 제법 비슷한 것들이 많다.

클라인을 포함하여 네로의 휘하 기사들은 자신들이 만들어 두고도 제대로 지도를 보지 못할 뿐.

아무래도 지도와 지형지물을 제대로 파악해가면서 움직여야 하기 때문에 항상 그들의 길잡이 노릇에는 시간이 걸린다.

다만 펜릴은 한 발짝 먼저 움직이고 먼저 지형과 지물을 파악해둔 뒤에 빠르게 위치를 지정하여 움직일 뿐이다.

펜릴은 이미 이곳, 검은숲에 적응이 끝난 상태다.

민감한 날씨도 마수들의 영역도 그는 요리조리 잘 피해 갔다.

검은숲이나 자기가 살던 숲이나 마수들은 한 가지 특징을 가지고 있다. 바로 자신의 영역을 표시한다는 점이다. 무언가 지금과 다른 것이 느껴진다면 이건 마수의 영역에 들어갔다는 거다.

마수들이 지능이 있다면 많은 숫자의 인간을 공격하지는 않는다. 하지만, 마수들이 지능이 없거나 떼로 몰려다닌다면 결코 인간들을 무서워하지 않는다.

펜릴은 망령을 흡수하고 나서부터 '감'이라는 것이 굉장히 좋아졌다. 마나를 가지고 있을 때보다도 훨씬 좋아진거다.

집중만 한다면 1km바깥에서 움직이는 풀잎의 소리까지도 들을 수 있을 정도다.

펜릴은 한쪽을 또렷하게 쳐다보며 말했다.

"옵니다!"

그 말에 원정대가 누워있던 몸을 일으켰다.

◆

'당최 적응이 되지 않는단 말이야.'

심장을 각성시켜 형상화를 시킨다고?

하나하나가 지금 펜릴에게는 도전이고 모험이다.

심장이 바깥으로 나오니 뭔가 적응이 되지 않는 느낌이다.

이렇게 되니 한 번 가슴을 열어서 심장에 각인의 문신이 있을 지도 궁금하다.

결국은 그 문신이 매개체가 되기 때문이다.

펜릴은 흑요석도 없었고 각인의 시약도 없었다.

두 가지가 없어도 각인이 된다는 사실을 깨달았다.

물론, 그만큼 특수한 상황에 처했기 때문에 특별히 주술의 악마가 나타난 거겠지만.

지난 며칠간 주술사는 원정대를 집요하게 추적해왔다.

밤이 되면 공격을 해오거나 낮이라고 안심하는 법이 없었다.

노인은 쉴 수 있지만, 원정대는 아니다.

마수들은 끊임없이 원정대를 공격해올 수 있다.

노인은 자신이 나서는 경우도 있고 나서지 않는 경우도 있다.

그가 나설 때면 피해가 커진다.

망령과 망령의 1:1싸움은 이길 자신이 있지만, 그것 때문에 펜릴이 망령의 도움을 받을 수가 없다.

펜릴이 전방위적으로 활약하는 시간과 능력이 줄어든다는 거다. 그건 원정대에게 크나큰 피해다.

펜릴의 말 한 마디에 야영장에서 몸을 눕혔던 원정대들은 결전을 준비했다.

정찰대가 발견 못한 마수들의 부대다.

못할 수밖에 없다. 이미 그들은 주술사의 망령에 영혼을 헌납했을 거다.

이미 그들은 야영장을 떠난 지 두 시간 동안이나 아무런 보고조차 없었다.

오르도는 곧바로 정찰대들을 복귀시켰다.

펜릴은 멀리서 들려오는 소리로 이미 몇 번이나 주술사의 공격에 대응해왔다.

오늘은 느낌부터가 다르다.

펜릴은 원정대를 혹사시키더라도 빠르고 그리고 위험한 길을 찾아서 이동했다. 그렇기 때문인지 마수들의 공격도 많이 받지 않았다. 주술사가 데리고 있는 마수들도 원정대를 쫓기 위해서 고생 꽤나 했을 꺼다.

이제 며칠만 더 이동한다면 탈출구가 코앞이다.

'검은숲만 벗어난다면 주술사의 공격을 받지는 않는다.'

주술사는 이곳을 탈출할 수 없다.

그도 알고 있다.

검은숲을 탈출하게 되면 더 이상 원정대를 쫓을 수 없다는 걸. 그렇기 때문에 오늘 모든 마수를 끌고 온 것 같다.

그것도 본인이 직접.

펜릴은 벨을 찾아갔다.

"준비 됐지?"

"네, 형."

펜릴이 마법사 중에서 알고 있는 사람은 오직 벨뿐이
다.

벨은 머리가 똑똑하다. 굳이 말하지 않아도 자기가 직접
알아서 한다. 게다가 그는 어린 나이에도 불구하고 마법사
들과 상의를 하고 자주 자기가 원하는 대로 결론을 얻어낸
다.

오르도가 옆으로 다가와 펜릴에게 말을 했다.

"우리도 준비 됐다."

"먼저 갑니다."

펜릴의 말에 오르도가 고개를 살짝 끄덕인다. 펜릴은 곧
바로 원정대를 벗어나 먼저 움직였다. 이미 곤조의 발목까
지 각성을 시킨 펜릴은 몸놀림은 재빨랐다. 그가 이동하는
방향은 마수들과 주술사가 오고 있는 곳이다.

혈혈단신으로.

'이대로라면 원정대는 전멸한다. 여기서 저 주술사와의
인연은 끝을 내야 한다.'

원정대는 지치고 숫자는 계속 줄어든다.

하지만 노인이 이끄는 마수 군단은 숫자도 줄지 않고 죽

지도 않는다.

아직까지 탈출까지는 며칠이나 거리가 남은 상황이다.

펜릴에게도 원정대에게도 이제는 주술사와의 남은 인연을 끝낼 차례라는 걸 느꼈다.

'주술사 영감이 노리는 건 나다.'

분할 것이다.

머리끝까지 화가 나서 잠도 제대로 오지 않겠지.

지극히 아끼는 망령을 빼앗기다니.

'엄청나군.'

마수들이 움직이는 소리를 들었을 때 100마리는 훌쩍 넘을 것만 같다.

펜릴은 피할 생각은 없었다. 철저한 미끼역할을 하는 것이 자신의 역할이다. 미끼는 자신의 존재감을 유발 없이 보여줘야 한다.

"여기 숨어 있었구나, 쥐새끼."

펜릴은 마치 우연히 마주쳤다는 듯, 깜짝 놀랐다.

'표정 좋고.'

곧바로 노인의 옆에 있던 망령 하나가 기다란 창으로 변해 펜릴을 향해 쇄도해 들어온다. 펜릴이 가볍게 피해내자 집요하게 쫓아온다.

"놈을 쫓아라, 어서!"

쿵! 쿵! 쿵!

노인이 오크들의 머리를 지팡이로 때렸다. 오크들은 발에 땀이 나도록 뛰기 시작했다. 하지만, 곤조의 발목으로 도망가는 펜릴의 속도를 쫓기는 쉽지 않았다.

"이크!"

망령의 창이 자꾸 펜릴의 움직임을 방해한다. 펜릴의 옆에 떠있던 망령은 창을 철저하게 막아냈다. 이건 주술사가 가지고 있는 망령도 마찬가지다. 펜릴이 노인을 공격하지 못하는 이유가 바로 망령을 보유하고 있기 때문이다.

참으로 대단한 능력이다.

펜릴은 망령을 각성시키지 않으면, 망령의 능력을 사용할 수 없다. 하지만, 노인은 항시 망령들의 힘을 사용할 수 있는 것 아닌가.

펜릴은 심장에 망령이 링크가 된 거고, 노인은 망령이 영혼과 연결된 거다.

펜릴의 눈앞으로 풍경이 순식간에 지나갔다. 펜릴은 정말이지 죽을 똥 말똥 싶을 정도로 뛰었다.

'다 왔다!'

잠시 후, 넓은 강이 보이자 펜릴은 지체 없이 물로 뛰어들었다.

수영만큼은 펜릴도 꽤나 자신이 있었다.

영감과 사냥을 배울 때, 펜릴은 질리도록 수영을 많이 했었다. 이유는 몬스터나 동물들에게 쫓길 때, 수영을 못

하는 동물들 상대로는 수월하게 도망갈 수 있다는 장점이
있었기 때문이다.

펜릴은 정신없이 강 건너편으로 팔과 다리를 저었다.

그를 쫓던 마수들은 강 앞에서 주저했다.

"들어가라."

노인의 말 한 마디에 모든 마수들이 강으로 빠졌다.

물살이 강했다.

수영을 못하는 마수들은 떠밀려 내려갔다.

오크들은 완전히 머리까지 잠겼다. 팔을 위로 쭉 뻗어
의자를 위로 올렸다. 노인은 발목까지 잠겼다.

"잉, 쯧쯧. 형편없는 것들."

점점 노인은 밑으로 떠내려갔다. 그러자 다른 키 큰 마
수가 다가와 노인의 의자를 들었다. 그리고 오크들은 떠내
려갔다.

노인은 펜릴의 등을 노려보았다. 망령의 힘으로는 도저
히 저 녀석과 승부를 보긴 어렵다. 죽자고 방어만 한다면
죽었다 깨어나도 망령의 방어를 깰 수 없다. 그건 노인 스
스로가 잘 알지 않나.

"머리를 좀 썼구나."

마수들의 절반 이상이 강한 물살을 버티지 못하고 떠내
려갔다. 노인은 키메라를 만들 때, 애초에 수영을 할 수 있
는 능력까지는 생각해두지 않았다.

아무래도 몸의 밸런스가 맞지 않다보니 수영을 할 수 있는 마수들도 결국 제 몸무게를 버티지 못하고 떠내려가기 일쑤였다.

"이런 얄팍한 수작이나 부리다니."

마수들은 이런 물살 때문에 죽지 않는다. 시간은 소요되겠지만 어차피 시간이 되면 다시 돌아올 거다.

그런데 펜릴의 수작은 여기서 끝이 아니었다. 펜릴이 완전히 물에서 몸을 빼내어 뭍까지 올라갔을 때, 강 건너편으로 인간들 수 십 명이 갑자기 나타났다. 그 중 남녀를 불문하고 서너명 정도 되는 인원이 갑자기 강안으로 손을 집어넣었다.

찌릿-!

파바박-!

갑자기 강물 위로 강력한 스파크 한 줄기가 관통한다.

"이건."

마법이다!

키에에에엑-!

마수들이 갑자기 비명을 내질렀다.

노인은 서둘러 발을 뺐다. 그가 앉아 있던 의자는 나무로 되어 있다. 전격 마법의 피해는 입지 않았지만, 그의 밑에 있던 마수들은 죄다 통구이가 되었다.

육지에서라면 저 마법사 서너 명이 모인다 한들, 마수를 과연 상대할 수 있을까 싶다.

그런데 여긴 물속이다.

마법사들의 전격마법은 순식간에 마수들에게 퍼졌다.

취에에엑!

"이, 이런……."

노인은 의자를 완전히 포기하고 살아남은 다른 마수를 향해 도약을 했다. 망령이 그의 발놀림을 도왔다. 마법사들은 노인을 향해 전격마법을 계속해서 펼쳤다.

마수들의 대다수가 결국 전격 마법에 의해 죽었다. 살아남은 마수들도 생명력이 강한 마수를 제외하고는 제대로 보이지도 않았다.

펜릴은 조용히 허리춤에서 화살을 하나 꺼내 시위에 걸었다. 그리고 노인을 노리고 정확히 손을 튕겼다.

슈우웅-!

노인의 옆을 지키던 망령들이 곧바로 화살을 보호해낸다.

자신의 움직임을 뒷받침 해주던 망령이 사라지자, 곧바로 노인은 강 속으로 추락했다.

풍덩!

노인은 강에 빠지자마자 곧바로 허우적거렸다.

펜릴은 계속해서 화살을 튕겼다.

살아남은 몇몇 마수들만이 노인의 옆을 지켰다.

"나, 나를 지켜라!"

마수들은 필사적으로 노인을 지켜내기 시작했다.

가지고 있던 화살을 모두 쏘아내자 펜릴은 활을 바닥에 내팽개치고 직접 자신의 망령을 움직였다.

펜릴의 망령은 노인이 가지고 있던 망령을 계속해서 두들겼다.

망령의 힘은 펜릴의 것이 더욱 강하다. 무엇보다 노인은 지금 물속에 빠져 있어서 망령을 다루는 것에 그다지 집중하고 있는 상황이 아니었다.

"벨!"

펜릴이 벨을 부르자, 벨이 고개를 살짝 끄덕였다.

벨은 마법사들과 함께 다시 전격 마법을 준비했다.

펜릴의 망령들은 마수들의 움직임을 완전히 제어하면서 노인의 망령들까지도 방해를 시작했다.

파직!

강물위로 강렬한 스파크 한 줄기가 쏟아졌다. 그 스파크는 노인에게 곧장 향했다.

"끄아아악!"

노인이 비명을 질렀다.

머리는 쭈뼛쭈뼛 섰고, 피부가 검게 변했다. 망령들이 그의 몸을 감쌌다. 하지만, 물속에서 만큼은 전격 마법에 그를 보호할 수는 없었다.

마침내 움직임을 멈추고 물 위로 몸 전체가 두둥실 떠올랐다.

펜릴은 그의 생사를 확인하기 위해 다시 한 번 망령을 움직였다.

쏴아아!

마침 강 위에서 더욱 강렬한 물살이 내려왔다. 노인은 그 물살에 휩쓸려 하류로 떠내려갔다. 그리고 물속에서 완전히 자취를 감추었다.

몬스터
링크

monster link

제국으로

NEO FANTASY STORY

제국으로
monster link

원정대가 검은숲에서 탈출한 지 3일째 되는 날.

칼루스에 도착했다.

다들 도시의 모습을 보자 긴장이라도 풀린 것 마냥 몸이
축 늘어졌다.

"난 보고를 하러 가겠다."

오르도는 철인이다.

입구에서 곧바로 헤어진 그는 곧바로 자취를 감추었다.

덩그라니 원정대가 입구에 서있자 한스가 입을 툴툴 거
렸다.

"저 양반은 지치지도 않나. 조금 씻고 가면 덧나나."

소리가 꽤 컸을까.

한스의 말을 들은 오르도의 기사들이 그를 한 번씩 째려 봤다.

"하핫, 뭐. 그냥 그렇다 이거지."

한스는 그러면서 척 하니 펜릴의 어깨에 손을 올린다.

그러면서 해볼 테면 해보자라는 눈빛이다.

기사들의 시선이 사라지자 한스가 던컨을 쳐다봤다.

"대장. 우리도 이렇게만 있을 게 아니라 어디 가서 좀 쉬어야 되지 않겠수?"

"기다려라. 아마 정산이 곧 시작될 테니까."

"카! 그게 남아 있었군."

임무는 실패로 돌아갔지만, 그건 용병들에게 크게 상관이 없다. 용병들의 임무는 그저 원정대가 불사의 초를 구할 수 있게끔 돕는 역할에 지나지 않았다. 실패를 했다고 해도 용병들이 받아야 될 임금이 사라지는 건 아니다.

오르도의 휘하기사, 바스티안은 원정대를 이끌고 제법 괜찮은 여관에 짐을 풀었다. 그곳에서 용병들은 보따리를 정산 받았다.

네로와 카를로스는 임무를 실패하고 기사를 잃고 돈까지 잃었다. 돈을 잃은 거야 크게 상관없지만 아끼던 기사들의 죽음은 뼈아픈 일이다.

펜릴은 애초에 용병으로 참가한 게 아니었기 때문에 돈에 대한 욕심은 없었다. 그저 살아 돌아온 것에 대한 감사함이나 라크나 티라에 대한 정보를 전혀 알 수 없었다는 것에 실망감이 클 뿐이다.

'칼루스에서도, 검은숲에서도 흔적은 찾지 못했다.'

펜릴은 용병들과 섞여서 맥주를 한 잔씩 걸쳤다.

오늘 이곳에서 먹는 모든 음식은 오르도의 주머니에서 나갈 예정이다. 용병들은 아무 걱정 없이 음식들을 시켰다. 제일 비싼 음식부터 먹고 싶었던 음식까지 줄지어서 나왔다.

'이제 어떡하지.'

고민은 많다.

하지만, 뭐부터 해야 될지는 고민이다.

분명히 라크와 티라를 찾아야 하는 것은 맞는 데, 어디서부터 어떻게 찾아야 할까.

그들의 흔적을 되짚어 간다면 분명히 이제는 제국으로 향해야 한다.

'되짚어 가는 것만으로 그들의 흔적을 찾는 것이 가능할까?'

그들을 만나려면 분명한 건, 앞서 나가야 된다는 거다.

그런데 펜릴은 그들에 대한 흔적은 거의 찾지 못했다.

생사여부도 모른다.

조금이라도 무언가 도움이 되는 것이 있어야 그들을 찾는 데 활력을 돋울 수 있을 거다.

드르륵.

펜릴은 의자를 뒤로 밀고 자리에서 일어났다.

먹고 마시던 한스가 펜릴을 향해 묻는다.

"뭐야, 펜릴. 어디 가는 거야?"

"방에."

펜릴이 손가락으로 위를 가리켰다.

그저 침대위에 누워서 생각을 정리하고 싶었다.

그런데 갑자기 여관 안이 시끄럽게 변했다.

"아니, 뭐 어쩌자는 거야!"

네로가 얼굴이 붉어져서는 따지듯이 던컨을 바라보았다.

"죽은 용병들에 대한 보상이 필요하다고 말하고 싶었을 뿐이오."

"그들은 죽어서 임무에 실패했다. 그런데 보상을 하라고?"

"죽은 자들 또한 당신을 위해 일한 것이 아니오? 그렇다면 분명히 보상을 해야지."

"난 죽은 자들에게 돈을 지불하겠다고 얘기한 기억이 없다."

"용병계에서는 전례가 있는 일이고, 또 당연한 일이오. 그들은 한 가정을 이끌어가는 사람들이었소. 남은 자들은 어떻게 하란 말씀이시오?"

"그거야 주제를 모르고 덤벼든 놈들이 책임질 일이지. 누가 죽으라고 했나?"

던컨을 비롯한 용병들의 얼굴이 똥이라도 씹은 것 마냥 변했다. 원래 귀족들은 죽은 용병들에게도 100%를 지급하는 것이 통례다.

그것은 일종의 위로금이다. 마음씨 좋은 귀족은 두 배, 세 배 이상 지급하는 경우도 더러 있다. 물론, 지금처럼 돈 몇 푼 아끼려는 귀족들도 있는 법이다.

같이 지내는 동안에야 성격이 쓰레기인 건 알았지만, 세간의 평가는 네로 자작은 완벽한 남자다. 그 자가 바깥에 나와서까지 이런 식으로 행동할 줄은 몰랐다.

카를로스에게 돈을 받아내는 일은 어려운 일은 아니었다.

카를로스는 돈 몇푼 때문에 자신의 세간 이미지를 망치고 싶은 마음은 절대 없었다. 그리고 귀족들은 원래 씀씀이가 큰 법이다.

그런데 네로는 어찌 좀생이처럼 굴었다. 오죽하면 옆에 있던 카를로스도 네로를 이상하게 여길 정도다.

"형님, 용병들이 웃습니다."

"닥쳐라!"

카를로스의 말에 네로가 갑자기, 카를로스를 향해 뺨을 후려쳤다. 그 무지막지한 힘에 카를로스가 의자에서 떨어

져 바닥을 뒹굴었다. 카를로스는 뺨에 손을 대고 네로를
바라보았다.

"혀, 형님!"

"흥. 네놈도 용병들과 다를 것이 없다. 우리는 임무에
실패했다. 그런데 돈을 지급하는 것도 모자라 죽은 자들에
게까지 돈을 주라고? 이건 우리를 호구로 보고 있다는 증
거다!"

여관 안에 있던 자들 모두가 놀랐다.

귀족이 귀족을 때리다니.

평생 가도 못 볼 구경거리다.

용병들은 입이 싸다. 아마 몇 달 뒷면 제국에서 네로에
게 뺨을 얻어맞았다는 카를로스 남작의 소문이 돌아다닐
거다.

"어쨌든 나는 돈을 지급할 의무도 없고 할 생각도 없다.
정 위로를 해주고 싶다면 너희들이 받은 돈을 각출해서 해
라!"

살아나온 용병보다 그곳에서 묻힌 용병들이 더 많다.

각출까지 한다면 얼마 손에 떨어지는 돈이 많지 않을 거
다.

어느 나라에서도 그리고 그 누구라도 자기들을 각출해
서 위로금을 내는 경우는 없다. 던컨은 용병들 사이에서는
그래도 책임자 역할을 하고 있었다. 말을 꺼내자마자 네로

에게 이런 얘기를 들을 줄이야 누가 예상이나 했겠는가.

이 얘기를 여관 주점에서 꺼낸 것도 많은 사람들이 지켜보는 곳이기 때문이다. 적어도 지켜보고 있다면 네로가 그 전처럼 망나니처럼은 나오지 않을 줄 알았다.

"돈은 내가 내지."

여관으로 돌아온 오르도가 입을 열었다.

"죽은 용병들에 대한 보상금은 내가 지불하겠다. 그들은 황제 폐하를 위해 죽어간 자들이다. 보상이 없다면 누구도 제국을 위해 일하지 않겠지."

네로가 얼굴을 구겼다.

마치 자신은 제국을 위해, 폐하를 위해 일하지 않는 자처럼 여겨진다.

"재수 없는 자식."

네로는 오르도를 힐끔 노려보고는 등을 돌렸다.

퍽!

마침 그때, 방으로 올라가려던 펜릴과 부딪힌 네로는 뒤로 벌러덩 넘어졌다.

펜릴은 아무렇지도 않은데 네로만 넘어진 거다.

뿐만 아니라, 펜릴은 검지손가락을 들어 귀까지 후볐다.

네로의 얼굴이 붉게 변했다.

"네, 네놈이……."

"큭, 큭큭!"

용병들 사이에서 웃음이 터져 나왔다.

네로는 펜릴을 쏘아보듯이 쳐다보고는 곧바로 방으로 올라가버렸다.

'별 미친놈을 또 보겠군.'

창피를 당한 네로가 또 무슨 짓을 할지는 모르겠지만, 펜릴은 일단 그 문제는 신경 끄기로 했다.

네로가 일단 방으로 올라갔기 때문에 펜릴은 바깥으로 나왔다. 괜히 방으로 올라갔다가 네로의 휘하 기사들이 펜릴을 귀찮게 굴 게 뻔 한 일이었다.

마침, 바깥으로 나온 펜릴의 앞에 아이들이 우루루 몰려들었다. 한 참을 뛰었는지 이마에는 땀이 송골송골 맺혀 있는 모습이 어딘지 모르게 안쓰럽지만, 그 얼굴들은 펜릴이 익히 알고 있었다.

"너희들이 무슨 일이냐?"

이곳 칼루스에서 펜릴의 도움을 받았던 아이들이다.

"원정대가 돌아왔다는 소문이 있어서 아저씨를 찾으러 왔어요."

"나를? 왜?"

"봤어요. 제가 봤다고요."

펜릴이 고개를 갸웃했다.

"아저씨가 찾던 그 누나요! 그 누나를 봤었다고요."

◆

'며칠 전 시장에서 봤었어요. 부르려고 했는데 사람이 너무 많아서 제 말을 못 들었나 봐요. 멀리서보긴 했지만, 그 누나가 확실해요.'

펜릴은 곤조의 발목을 각성시켰다.

그리고 아이들이 말한 장소를 이잡듯이 뒤졌다.

시장을 비롯해 라크와 티라가 머물었던 공간들 까지 모두 말이다.

'여기도 아니다. 그럼 어디지?'

아무리 칼루스라도 대놓고 낮에 펜릴처럼 곤조의 발목을 각성시키는 사람들은 없었다. 오히려 곤조의 발목이랍시고 사람들의 이목을 끌기에 충분했다.

잠식 범위는 작고, 발목만 각성을 시켜야 된다는 점에서 부담이 없다. 무엇보다 중급이나 상급 마수도 아닌 하급 마수인 곤조는 그 잠식의 속도도 현저하게 느리다.

여기는 칼루스다.

법 보다 주먹이 앞선다.

그 발목의 가치를 알아 본 칼루스의 링커들은 펜릴의 앞길을 막았다.

칼루스는 이런 곳이다.

뛰어난 눈을 가지고 있으면 그 눈을 파낸다.

펜릴은 그런 자들을 살려 보내지 않았다. 살려두었다가는 어떤 식으로 보복을 할 줄 모른다. 자고 있으면 발목만 잘라내고 도망갈 놈들이다.

일어나고 보니 귀가 잘려있거나 팔이 사라져있거나 하는 식의 이야기는 칼루스에서는 흥미 있는 이야기가 아니다.

당한 놈이 멍청한 거고, 얻은 놈이 똑똑한 거다.

링커라면 적어도 강한 부위에 대한 자부심을 가지고 있어야 하고 또 지킬 줄 알아야 한다. 욕심도 있어야 한다.

그들은 펜릴이 3차 각성까지 한 링커라는 걸 전혀 모른다.

어느정도 펜릴이 강할 거라고 예상은 한 모양이다.

대부분의 링커들은 제일 처음 자신의 팔에 각인을 한다. 그 뒤에는 각자 마음에 드는 부위를 결정한다.

펜릴이 곤조의 발목을 지니고 있으니 팔에 각인을 끝낸 2차 각성 링커라는 걸 염두 해 둔 것 같다.

분명한 건 펜릴은 맨티스의 손톱과 곤조의 발목. 이 두 가지로는 강하지 않다는 거다. 물론, 일반 기사들이나 1차 각성 링커들 보다야 강하겠지만 2차 각성 링커보다는 조금 약하다.

각성을 한 부위도 팔도 아니고 손등, 허벅지도 아니고

발목이기 때문이다.

하지만 펜릴에게는 그것을 보완할 엄청난 에너지가 있다.

심장속에서 자고 있는 망령의 에너지.

각성을 하여 꺼낸다면 망령의 에너지를 펜릴은 사용할 수가 없다. 하지만, 각성을 하지 않는다면 이 에너지는 고스란히 펜릴의 것이다.

"빌어먹을, 저리 꺼지라고!"

함정을 파둔다고 펜릴을 멈출 수 있는 게 아니다.

펜릴은 망령까지 이용하는 새로운 유형의 링커다.

계속 찾아 헤맸다.

그 상대가 이곳에 며칠 전에 있었다고 한다. 그런데 방해를 하는 놈들이 나타난다.

그날 하루 종일 칼루스가 시끄러웠다.

불사의 초를 찾으러 갔던 원정대가 실패하여 돌아온 것을 비롯하여, 한 링커의 폭주까지.

그리고 그날은 비가 내렸다.

펜릴은 터벅터벅 길을 걸어 다녔다.

이젠 지쳤다.

스아아아-

키에엑!

펜릴은 두 손으로 귀를 막았다.

'빌어먹을 새끼들. 벌써부터 시끄럽게 굴고.'

비 때문에 펜릴이 뒤집어 쓴 피가 씻겨서 내려간다.

펜릴은 적당한 처마를 골라 주저앉았다.

손목이 간지럽다.

그래서 벅벅 긁었다. 그런데, 팔꿈치까지 간지러워진다.

이번에는 발목이 간지럽다.

펜릴의 손은 발목부터 종아리까지 올라가 긁었다.

'어느새…….'

체크를 조금 안하고 있던 모양이다.

잠식이 크게 늘었다.

붉은 사과의 에너지를 흡수한 뒤로는 잠식을 체크할 겨를이 없었다.

'이게 바로 미쳐가는 과정인가?'

링커의 최후를 봤다.

악마가 준 재능, 그 이상을 넘보았던 링커는 자아를 잃었다.

펜릴은 3차 각성까지 했다.

분명한 건 이제까지와 다른 잠식의 속도라는 거다.

펜릴은 무릎 사이에 얼굴을 내리 박았다.

바람까지 불어 비가 머리를 적셨다.

이렇게 있는 것도 크게 나쁜 것 같지는 않다.

펜릴은 눈을 감았다.

쏟아지는 잠 때문에 더 이상 눈꺼풀을 올리고 있을 수는 없었다. 어떤 힘 쎈 거인이 와도 눈꺼풀만큼은 들 수 없다 하지 않던가.

저벅저벅.

그때 누군가 빗물이 만든 웅덩이를 밟으며 펜릴이 있는 쪽으로 다가온다. 펜릴은 누군가 자신을 향해 오는 것을 알면서도 고개를 들지 않았다.

"오랜만이로군."

◆

익숙한 목소리다.

펜릴은 고개를 살짝 들어 올렸다.

빗물 때문인지 자꾸 앞머리가 시야를 가려 제대로 보이지 않는다.

곧바로 펜릴의 위로 우산 하나가 쓰인다.

펜릴은 목소리의 주인을 바로 알아봤다.

"멜프레 영감?"

"뭐, 여, 영감?"

멜프레는 다소 충격을 받은 듯 몸이 휘청인다. 잠시 후, 피식 웃더니 펜릴의 목 뒤를 잡고 일으켜 세웠다.

"뭐하는 데 이러고 있냐?"

"상관 말아요. 뭐 좀 찾고 있었어요."

"또 그 계집?"

"……."

펜릴은 아무 말도 안했다.

부정을 하지 못한다면 긍정이다.

"그 계집이 뭐라고 그렇게 찾는 거야?"

"저도 몰라요. 좋아서 찾는 것도 아니고. 그냥 집나간 강아지 찾는다는 심정이죠 뭐."

"누가 집나간 강아지를 너처럼 찾아 헤매?"

"빌어먹을. 제 말이 그러하다니까요. 이름 부른 다고 꼬리 흔들고 나타날 것도 아니면서. 그냥 뭐, 빚진 것도 있고 하니까. 근데 바쁘신 노인네가 여기까지는 무슨 일이에요. 칼루스에는 한 번도 와본 적 없다면서."

멜프레는 우산을 들지 않은 손으로 펜릴이 앉아 있는 곳의 간판을 가리켰다. 제국 문자와 이민족 문자로 '멜프레 상단 '이라고 적혀 있었다. 그렇고 보니 상인 길드 건물과 그렇게 멀리 떨어져 있지 않은 곳이다.

"칼루스에 위치한 멜프레 상단의 지부다. 칼루스에 온 것은 우연이야."

펜릴의 인상이 구겨졌다.

"거짓말 말아요. 남부에서 여기 북부까지 거리가 얼만데 갑자기 우연으로 나타나요."

펜릴이 살던 오두막과 그 마을.

멜프레가 북부, 칼루스까지 오는 길은 고단하고 2달 이상 걸리는 여정이 되었을 거다.

"뭐, 그냥 그렇게 알아라. 북부 근처에 일이 있어서 왔다가 원정대의 일도 있고 하니까 칼루스 근처까지 왔다. 뭐, 상인연합으로 용병들 끌고 온다면 칼루스까지 오는 것은 식은 죽 먹기지."

마차를 구해서 근처까지 온 다음에 칼루스로 들어오는 용병들과는 다른 행보다.

돈만 많다면야 들어오는 게 얼마나 힘들겠는가.

"일단, 들어와라."

펜릴은 멜프레의 뒤를 따라 터벅터벅 걸어 들어갔다.

반가운 얼굴을 보니까 어딘지 모르게 마음이 편안해진다.

간지러웠던 부위도 없어졌다. 시끄럽게 굴던 마수들도 입을 다물었다.

"오셨습니까."

멜프레가 나타나자 파견을 나온 상인들이 죄다 인사를 해온다.

"저 친구에게 수건이랑 따뜻한 차나 한 잔 주세요."

"알겠습니다."

깔끔하게 정돈된 곳들이다.

멜프레는 적당한 곳에 앉아 창문을 열었다. 아직까지 바깥은 비가 추적추적 내린다.

"뻘쭘하게 그렇게 있지 말고 일로 와라."

멜프레가 손짓을 하자 강아지라도 된 것 마냥 펜릴은 그를 따라 앞에 있는 의자에 앉았다.

"그래, 이곳에 오래 있었으니 하나만 좀 물어보자. 원정대, 그거 어떻게 됐냐?"

"그걸 왜 저한테 물어요?"

"모르니까 묻지. 소문에는 오르도자작이 황제에게 정식 보고를 마쳤다는데, 워낙 베일에 쌓여있으니 알 방법이 없다. 그렇다고 황제에게 가는 통신수단을 막을 수도 없고 말이다."

각 제국의 도시는 황제와 다이렉트로 연결되는 통신구들이 하나씩 존재한다.

그 통신을 중간에 탈취하거나, 부득이하게 엿듣는 경우 황제에 대한 모욕과 범법행위다. 어느 간 큰 상인들도 그런 짓은 하지 않는다.

원정대가 칼루스로 돌아온 건 이제 하루밖에 되지 않는다.

그들이 발표를 하기 전에는 성공여부는 갔다 온 자들만 알 수밖에 없다.

"게다가 내가 네놈 거기 넣어주는 데 힘 좀 썼다. 이 정도는 가르쳐 줄 수 있지 않냐?"

알고 보면 펜릴은 분명히 멜프레의 도움을 받았다.

'그것도 그러네······.'

도움을 받고 모른 척 할 수도 없는 노릇.

"원정대는 실패했어요."

"그래?"

멜프레는 그럴 줄 알았다는 듯한 표정이다.

"알고 있었어요?"

펜릴은 그 표정을 보면서 되물었다.

"아니. 짐작만. 300명이 출발했다는 데 돌아온 건 반에 반 도 되지 않으니까. 처음에는 네놈도 죽었을 줄 알았다."

펜릴이 피식 웃었다.

"죽었으면 좋겠어요?"

"뭐, 그런 건 아니다만. 그래도 조금 아쉽긴 하네. 검은 숲에는 불사의 초가 널려있다는 소문도 있었고. 누군가 여러 개를 얻었다면 어떻게든 몇 개 얻어 봐서 몸보신 좀 하려고 했는데."

멜프레가 입맛을 다셨다.

그 사이 누군가 수건과 차를 펜릴에게 가져다준다.

펜릴은 머리를 털어내고 어깨에 수건을 둘렀다.

홀짝이며 차를 마시는 모습은 영락없는 어린애의 그것과 같다.

"쯧쯧. 멍청한 놈. 그러니까 왜 이 고생을 사서해?"

"고생만 한 건 아녔어요."

펜릴의 말이 의미심장하게 들린다.

"원정대는 실패한 게 아녔나?"

"그건 원정대 얘기죠. 황제가 어떻게 되든 말든 그게 저랑 무슨 상관이에요. 임무도 제 알 바가 처음부터 아녔어요."

펜릴은 황제의 이름도 모른다.

너무 길기도 하고 교육도 받은 적이 없다.

펜릴이 교육을 받을 정도로 제법 뛰어난 집안에서 태어난 것도 아니다. 오죽하면 글자도 쓸 줄 몰랐겠는가. 황제의 이름을 모르는 건 비단 펜릴 뿐만이 아니다. 대부분의 평민들은 황제의 이름을 전혀 모를 거다.

이름도 모르는 사람에게 무언가 존경심을 가지고 있거나 하지는 않다. 황제가 이룩한 수많은 업적이 입과 입을 타서 이어지기는 하지만 그런 영웅이야기는 어릴 때나 좋아했다.

"설마, 네놈……."

펜릴은 손바닥을 보이며 고개를 흔들었다.

"착각은 하지 마요. 불사의 초를 얻었다고 말 한 건 아니니까."

"그럼?"

"자세한 건 저도 몰라요. 이론상으로는 불사의 초를 얻은 링커는 잠식도 진행되지 않고, 어떤 부위든, 그리고 몇 개든 간에 상관없이 링크를 할 수 있다고 했는데 전 아니거든요."

펜릴은 여전히 잠식이 진행 되고 있다.

몸 안에 있는 마수들은 시끄럽게 떠들어 대고 있다.

특히 망령이 심장에 각인된 이후로는 잠식 속도가 분명히 빨라진 게 맞다.

불사의 초가 맞은 지 틀렸는지는 모르겠다.

게다가 복용을 한 것도 아니고 강제로 심장에 그 힘이 전부 쏟아져 흘러 내렸다. 그 방법부터가 틀렸을 지도 모른다.

"네놈에게 이 얘기를 해야 될지 말아야 될 지 고민했는데 결국은 해야 되겠군."

"뭔데요?"

"네놈이 검은숲에 가 있는 동안에도 난 계속 네가 말한 그 라크라는 남자와 티라라는 아이의 대한 정보를 계속 해서 받고 있었다."

"그런데요?"

"이곳 칼루스에서 곧장 제국으로 향했던 그들이 왜 거기 있었는 지에 대해서는 항상 궁금했거든. 그런데, 아마도 누군가를 찾고 있었던 모양이다."

펜릴은 여전히 차를 홀짝이며 물었다.

"그게 누군데요?"

"뭐, 말하자면 잘 모르겠지. 클리드라는 이름을 가진 노인네다."

"클리드?"

들어본 적 없는 이름이다.

"뭐하는 양반인데요?"

"너와 같은 링커다. 또한 제법 이민족의 언어에도 능통한 것 같다. 누군가가 그에게 왜 링커가 됐냐고 물어봤더니 그가 대답하길 그냥 '심심해서'라고 말했다더군. 불과 20년 전 까지만 해도 그저 산에서 약초나 캐던 사람이었다."

무려 수명의 절반을 날리는 일이다. 단순히 심심해서라고 말할 수는 없다. 펜릴의 경우 빚을 갚고 싶어서, 그리고 찾아올 위험에 대비하기 위함이었다.

'생각해보면 나도 미친놈이로군.'

라크가 말한 대로 마나연공법을 잘 수련을 해서 기사가 되었다면 더 편하고 멋진 인생을 살았을 것도 같다.

"그 사람을 왜 찾아갔다는 데요?"

찾아갔다면 이유가 있을 거다.

"모르지. 그 노친네에게 직접 물어본 것도 아니고."

멜프레 말이 틀린 것도 아니다.

결국 그건 펜릴이 알아봐야 할 일이다.

"그 클리드라는 노인네가 살아있는 지가 관건이군요."

라크와 티라가 그 노인네를 찾아 다닌 건 몇 년 전의 일이다.

그 노인네가 그냥 노인네도 아니고 링커라는 것을 감안한다면 죽었을 가능성도 농후하다. 살이 있다 하더라도 반쯤은 미쳤을 수도 있고.

"뭐, 그 노인네의 생사여부는 나도 모른다. 워낙 두문불출하다니까. 대략적인 위치는 알고 있다. 어때? 가르쳐 줄까?"

어차피 여기까지 왔으면 알아야 한다.

그런데, 멜프레가 잠시 대답을 망설인다.

망설일 이유가 있기 때문이다.

"그 노인네에게 뭔가 있어요?"

"음. 그 노인네는 자기 영역에 발을 들이미는 걸 정말 싫어한다."

그런 건 별 다른 상관이 없다.

라크가 괜히 사람들과 동 떨어져서 오두막을 짓고 살던 게 아니다. 펜릴을 거둬서 사냥꾼으로 키운 영감도 마찬가지다. 사람들과 항상 떨어져 살았다. 링커들은 스스로가 사람들과 잘 어울리지 못한다고 생각한다.

"상관없어요."

"그래 그 정도는 아무 문제 없지. 그런 사람들이야 워낙 많으니까. 다만, 문제는 죄다 죽인다는 거다. 평민이든, 귀족이든, 기사든 가리지 않고 죽인다. 그놈에게 죽은 귀족들도 있고. 제국에서는 완전히 손을 놓았으니까."

평민이나 기사는 그렇다 쳐도 귀족까지 죽인다?

그건 귀족을 그다지 무서워하지 않는, 말 그대로 믿는 구석이 있다는 얘기로 들린다.

그런데 링커라는 족속들은 원래 잘 뭉쳐 다니지 않는다. 뭉쳐 다니는 놈들은 죄다 약한 놈들뿐이다. 그래서 1차 각성을 한 링커들이 우르르 몰려다니는 거다.

"미친놈이네요."

"3차 각성까지 한 링커니까."

그럴 만도 하다.

2차 각성만 해도 링커들 사이에서 제법 입소문이 나오기 시작한다. 3차 각성을 하면 그 이름을 모르는 자가 없어질 거다.

물론, 클리드라는 그 노인네처럼 특이한 짓을 하면 이름이 알려지는 거야 당연하다.

펜릴이야 워낙 링커들과 의사소통이 되는 경우가 아니니까 링커들을 잘 모르는 것 뿐이다.

3차 각성을 한 링커가 얼마나 강한지는 펜릴 스스로가 알고 있다.

그 정도의 힘을 가지고 있다면 기사들 수 십 명, 병사 수백명을 끌고 와도 절대 그 링커를 잡을 수 없다. 치고 빠지는 방식을 사용한다면 몰살시키는 건 일도 아니다.

　"그 노인네와 얘기를 하고 싶으면 어떻게 해야 되는데요?"

　"뭐, 그건 나도 잘 모른다. 두 가지 중 하나 아니겠느냐? 그 노인네를 제압을 하던가, 아니면 두문불출하다니까 그 노인네가 집에 없을 때 불쑥 찾아가 기다리던가."

　참으로 껄끄러운 양반이다.

　결국 이러나저러나 펜릴은 그 노인네를 만나보는 수밖에는 없다.

　"최근에는 네 말대로 제법 뜸한 것 같아서 죽었다는 얘기도 들린다. 링커들이야 뭐, 언제 어디서 어떻게 죽었는지 다들 잘 모르지."

　모를 수밖에 없다.

　잠식을 당해서 머리를 빼앗기거나.

　수명이 다 돼서 죽거나.

　혹은, 영감처럼 자살하거나.

　링커들은 자기가 죽을 때를 잘 안다.

　주술의 악마가 나타나 링커들의 마지막을 함께 해준다고 들었다.

　굳이 그 모습을 남에게 보여줄 필요는 없다. 그렇기 때문에 체념을 하고 자신의 마지막을 준비한다.

멜프레는 펜릴에게 지도 한 장을 건네줬다.

클리드라는 노인네가 살고 있다는 그 집의 위치와 혹은 가끔 출몰을 한다는 도시나 지역의 위치가 같이 표시되 있다.

펜릴은 품 안에서 예전에 멜프레에게 받았던 라크와 티라가 제국을 떠돌아 다녔던 경로가 그려진 지도를 꺼냈다. 두 지도를 비교하자 제법 일치하는 게, 그들도 클리드라는 노인네를 쫓아다닌 모양이다.

'집에 찾아가 없자 그를 찾아 떠돌아다녔군.'

지도를 보자 이제 제법 이해가 간다.

뭐 어찌됐든 펜릴의 다음 행선지는 제국이다.

그 클리드라는 노인네를 찾아 제국을 떠돌아 다닐 생각을 하자 머리가 아찔하다. 하지만, 그를 찾아보기 전에는 결국 아무 것도 알 수 없다. 부디 살아만 있길 바랄 뿐이다.

"고마워요."

펜릴은 의자를 뒤로 밀고 자리에서 일어났다.

수건을 의자에 올려놓고 나가려고 하자 멜프레가 돌려세운다.

"나도 네놈이 집에서 나간 강아지 같다."

펜릴이 인상을 찡그렸다.

"그게 무슨 소리예요?"

"부르면 꼬리 흔들고 집에 오라는 소리다. 괜히 집 나가서 개고생하지 말라고."

펜릴이 피식 웃었다.

"찾으면 돌아갑니다. 저도 안정적인 직업 하나 있는 게 좋아요."

그러더니 펜릴이 옆에 걸린 우산을 집어 들었다.

"하나 가져갑니다."

"야, 그거 비싼 거야."

귓등으로도 안 듣고 펜릴이 우산을 들고 나갔다.

"저 녀석이……."

멜프레는 창문을 통해 펜릴이 돌아가는 모습을 한 참 동안 바라보았다.

어딘지 모르게 손이 가고 정이 가는 녀석이다.

정말 도움이 되고 싶은 생각뿐이다.

휘이잉-

그때 바깥에서 바람 한 줄기가 불어와 책상 위에 있던 종이들이 바닥으로 떨어졌다. 그 때문에 사무실이 제법 어지러워졌다. 멜프레는 다른 종이들은 무시하고 뚜벅뚜벅 걸어가 종이 한 장을 들어 올리더니 유심히 쳐다보았다.

[라크 사망…….]

"아직은 말 하지 않는 게 좋겠지."

◆

"빌어먹을, 낮 뜨겁게."

펜릴은 여관에 들어오자마자 곧바로 옷을 갈아입었다. 피가 잔뜩 묻었던 옷은 죄다 쓰레기통에 처박았다. 칼루스가 곤조의 발목을 각성시킨 채 돌아다닌 링커의 얘기로 시끄럽다. 물론, 그게 누구인지는 말 안 해도 뻔하지만.

발목을 가릴 수 있는 기다란 옷을 입고 가죽 장갑을 써서 각인의 문신을 완벽히 가린다.

펜릴은 말끔히 샤워까지 하면서 냄새까지 지웠다.

여기는 인간들이 사는 곳이 아니다.

링커들이 살고 있는 곳이다.

칼루스에서 펜릴은 지나가면서 많은 문신들을 보았다.

눈에 각인을 한 자가 있는 가하면 귀나, 코, 입술에도 존재했다. 괜히 피 냄새 때문에 오해 받을 일을 없애고 싶은 생각이다.

어제까지만 해도 시끌벅적한 여관이 조용하다. 돈을 받고 떠난 용병들도 있고 며칠 더 있겠다며 눌러 앉은 용병들도 있다.

귀족들은 아직까지는 딱히 떠날 기미가 없어 보인다. 조금 더 휴식을 취하고 제도로 향할 것 같다.

펜릴은 조용히 자신의 짐을 챙겼다.

'뭐, 짐이랄 것도 없지만.'

길드에 들려서 돈이나 조금 찾고 무기들을 새로 장만할 생각이다. 화살통도 필요하고 마체테도, 손에 맞는 활도 필요하다.

방을 나오는 펜릴이 입가에 미소가 생긴다.

벨과 한스가 한 침대에서 꼭 껴안고 자는 모습을 보니 절로 웃음이 나온다.

"가요?"

바깥에서 켈리가 펜릴을 향해 묻는다.

펜릴은 뜨끔한 표정으로 켈리를 바라본다. 여전히 그녀의 모습은 매력적이다.

"안 간다고 하지 말아요. 당신의 행동으로 봤을 때 분명히 나가려고 하는 것 같으니까."

뒷걸음 질 치면서 뒤꿈치를 들고 고양이처럼 움직이는 모습을 보면 누구나 그렇게 생각할 수밖에 없다. 펜릴이 자신의 머리를 긁적였다.

"뭐, 속일 수는 없겠네요."

"음. 오르도자작이 황제폐하께 보고하면서 펜릴에 대한 애기를 했어요. 폐하께서는 펜릴을 보고 싶다고 하셨는데, 어때요? 생각 있어요?"

켈리를 보니 조금은 부러워하는 눈치다.

살면서 자신이 황궁에 들어가 볼 일이 뭐 있겠는가.

제국의 황궁에는 없는 것이 없다하는 곳이다.

신들 조차 기거하길 꺼려하는 곳이 제도에 있는 황궁이다.

시간만 된다면 펜릴도 한 번 정도는 가보고 싶다.

하지만, 황궁에 가면 익혀야 할 예절을 비롯하여 옷가지까지 할 것들이 너무 많다. 그런 것들이 하루 이틀 안에 몸에 배는 것도 아니고 황제의 손님으로 들어간다면 하루 이틀이 아니라 오랜 기간 황궁에 머물러야 될 지도 모른다.

펜릴은 손을 흔들었다.

"됐어요. 그런 곳 가서 뭐해요."

"그럴 줄 알았어요."

그런데, 켈리의 얼굴은 어딘지 모르게 아쉬워하는 모습이다.

"왜요?"

펜릴이 그 모습을 보고 묻자 켈리가 말했다.

"용병들은 네로 자작이 그간 저질렀던 행동을 황제 폐하께 낱낱이 보고하여 그 진상을 파악하고 벌을 받기를 원했거든요."

황제의 손님으로 가게 된다면 검은숲에서 겪었던 일을 상세하게 이야기를 해야 한다.

거짓을 황제 앞에서 할 수 없으니 네로 자작의 행동에 불만을 품은 용병들은 펜릴이 그런 역할을 해주기를 바라는 거다.

'그건 또 그렇군.'

이대로 네로가 또 의기양양하는 모습을 보는 것이 참 아쉬울 따름이다.

물론, 오르도가 황제에게 직접 보고를 하겠지만 아무래도 펜릴이 얘기하는 것 보다는 조금 못할 거다. 오르도는 임무에 대한 성공과 실패 여부에 대한 것만 보고를 하고 주절주절 네로가 했던 행위는 쏙 뺄 가능성도 있다.

그가 평민출신이라고 해도 이미 귀족이 되어 완전히 적응을 한 사람이다.

같은 귀족의 험담을 황제 앞에서 할 것 같지는 않다. 더군다나 네로는 공작의 아들이다. 굳이 공작의 아들을 망신시킬 필요는 없다.

귀족이지 않은 자.

용병들을 대표할 수 있는 자.

황제의 손님신분으로 출입하는 자.

그런 조건에 부합되는 최적의 사람은 펜릴이다.

차후, 귀족과 딱히 연관이 없고 신분이기 때문에 귀족들도 건드리기 꺼려하는. 그리고 황제 앞에서 네로 자작의 행동을 낱낱이 말해줄 수 있는 사람.

'아쉽지만.'

펜릴에게 당장 급한 건 네로의 처분이 아니다.

끊어져있던 연결고리를 붙일 방법을 찾았다.

지금 당장 펜릴은 클리드라는 노인네를 찾아 하루 빨리 제국으로 가야 할 판이다.

"미안해요, 켈리."

켈리는 어깨를 으쓱했다.

"괜찮아요. 그 부분에 있어서는 오르도 자작께 강력히 요구할 생각이에요. 아! 그리고 웬만해서는 계단으로 내려가지 마요. 1층에 지금 오르도 자작이 있으니까, 아마 만나면 어떻게든 제도까지 끌고 갈 거예요."

오르도는 어딘가 모르게 꽉 막힌 부분이 분명히 있다.

특히나 펜릴을 끌고 가는 것에 대해서는 융통성을 보여주지는 않을 거다.

"고마워요."

펜릴은 계단으로 내려가는 걸 포기하고 복도 끝에 있는 창문을 열었다.

높아봐야 2층, 3층이다. 곤조의 발목을 각성시킨 다면 내려가는 건 일도 아니다.

펜릴은 창문을 잡고 뒤를 돌아보았다.

"던컨 대장에게 그동안 고마웠다고 전해줄래요?"

"물론이죠. 대장에겐 제가 잘 말해 둘게요. 한스나 벨도 마찬가지고. 제법 섭섭해 하겠지만."

펜릴은 피식 웃었다.

어차피 용병들에게는 이별이란 단어는 참으로 익숙하다.

펜릴은 가볍게 손만 흔들어 주고는 창문에서 뛰어 내렸다.

안전하게 착지한 뒤로는 주변을 스윽 둘러보았다.

짐을 챙기는 사이 시간이 조금 지났는지, 다시 시끌벅적해졌다. 이런 분위기가 싫은 건 아니다. 펜릴은 다만 혼자 있었던 시간이 길어 어색할 뿐이다.

펜릴은 여관의 담장을 넘어 바깥으로 쉽게 빠져 나왔다.

"후!"

작게 한숨을 내쉬며 뒤를 돌아본다.

'가자.'

돈 한 푼 없는 펜릴이 갈 곳은 한 곳 뿐이다.

미련은 이곳에 버려두고 간다.

일단, 상인 길드다.

◆

2층에서 훌쩍 뛰어 내린 펜릴이 사라지는 모습을 처음부터 끝까지 지켜보고 있었던 네로는 입을 열었다.

"놈이 나갔다. 혼자 있는 지금이 적기다. 놈이 오르도와 합치면 괜히 귀찮아질 뿐이야. 기사들을 소집해."

카를로스는 내키지 않는다는 듯 물었다.

"형님! 굳이 그럴 필요가 있습니까?"

"뭐야?"

네로의 눈썹이 휘말려 올라갔다.

"다시 한 번 말해봐라."

"굳이 놈을 죽일 필요가 있느냐 이 말씀입니다."

"그럼?"

"상황을 지켜볼 필요가 있습니다. 놈이 오르도와 함께 제도로 향한다는 보장이 없지 않습니까?"

네로가 코웃음을 쳤다.

"흥! 그럴 수도 있지. 하지만 간다면? 미래는 아무도 모르는 것이다. 놈이 가서 황제폐하 앞에서 주절주절 떠들어대는 것 만큼 곤란스러운 일은 없다. 놈은 분명 나의 평판을 떨어뜨릴 작정이야."

네로의 평판뿐만 아니다.

가문의 평판이 떨어진다.

네로는 공작가의 얼굴이나 다름이 없다.

공작이라는 작위는 소문에 아주 민감하다.

특히나 정치판의 권력이라는 것은 어느 날은 나는 새도 떨어뜨릴 정도지만, 어느 날은 비루먹은 개만도 못하다. 특히나 가문의 안 좋은 소문은 호시탐탐 그 자리를 노리는 귀족들로부터 물고 뜯고 씹길 일 밖에는 남지 않는다.

특히나 황제의 앞에서 이런 저런 얘기를 한다면 그건 두고두고 회자 될 거다.

"형님도 보셨잖습니까. 놈이 그 길로 여관을 나가는 걸."

"저렇게 나가고 생각이 바뀌어 다시 합류할 수도 있지. 네놈도 알겠지만, 만약 오르도와 합류한다면 놈을 죽일 기회는 영원히 잃는다. 네가 황제의 앞에서 놈을 검으로 찔러 죽인다면 내가 저놈을 죽이지 않겠다."

"……."

허무맹랑한 네로의 말에 카를로스는 말을 잃었다.

검은숲에 다녀온 이후로는 네로는 점점 더 심해진 것 같다.

"저 녀석이 오르도와 합류하지 않는다고 해도 뒤를 공격하진 않겠습니다."

"뭐, 뭐라?"

"형님도 아시잖습니까. 놈을 죽이려고 든다면 아까운 기사들만 죽을 겁니다. 놈이 그냥 목만 내밀고 죽여 달라 하겠습니까? 놈은 링커입니다."

"멍청하긴. 소 잡는 칼을 닭 잡는 데에 쓰겠느냐? 여긴 검은숲이 아니다. 놈을 죽일 칼은 많다. 특히 여기는 칼루스야. 돈 몇 푼만 쥐어준다면 놈의 목을 가져다줄 링커들은 세고 셌어."

링커들의 놀라운 힘을 목격한 네로는 이미 돈을 이용해 포섭까지 끝낸 상태다.

네로도 아까운 기사들을 투입할 필요가 없었다.

기사들보다도 강한 링커들은 이곳에 많다.

황제에게 직접 보고를 마친 오르도를 습격할 정도로 간 땡이가 부운 건 아니었다. 그저 그의 옆을 지키며 황제에게 보고를 하러 갈 펜릴이 두려운 거다.

펜릴이 만약 이 일에 대해서 황제에게 상세히 전한다면 분명히 제국내에서 자신의 입지는 물론, 가문의 평판까지도 떨어질 거다.

황제는 항상 고위급 귀족들을 견제한다.

그건 한 나라의 제왕이라면 아주 당연한 행동이다.

황제의 권력은 황제로부터 나오길 원하지, 신하로부터 나오는 것을 바라지 않는다.

"어쨌든 전 하지 않겠습니다. 이런 일은 내키지 않습니다."

카를로스가 자리에서 일어나 방 문을 열고 나가려 하자 네로가 코웃음을 쳤다.

"하하핫! 놈이 살아서 황제에게 보고한다면 내 평판만 떨어질 줄 아느냐? 네놈도 마찬가지다. 뺨 한 대 맞은 것 가지고 사내 녀석이 그렇게 꽁해가지고 말이야……."

카를로스는 네로를 한 번 노려보고는 문을 쾅! 하고 닫고 나가버렸다.

"흥, 미련한 녀석 같으니."

네로도 자리에서 일어나 옷가지와 무기를 챙겼다.

"링커들에게 일러 놈의 팔과 다리를 자르고, 눈은 한 쪽만 남겨둔 채 내 앞으로 끌고 오라 해. 놈의 목은 내가 직접 베야겠다."

여러모로 귀찮고 짜증만 나는 녀석이었다.

게다가 수치까지 용병들 같은 천한 놈들이 보는 앞에서 받았다.

놈이 링커가 아니었다면 단칼에 목을 베어버렸을 일이다.

귀족이.

그것도 공작의 아들이 그런 수모를 받다니!

"예, 주군."

클라인은 그 말을 끝으로 나갔다.

◆

펜릴은 길드에서 어음을 돈으로 받아낸 뒤에 대장간에서 제법 괜찮은 마체테만 구입했다.

'가격이 너무 비싸.'

역시나 칼루스는 물건의 가격이 다른 제국의 도시 보다

도 두 세배는 비싸게 거래 된다. 펜릴이 눈에 불을 켜고 돈을 밝히는 사람은 아니지만 제값도 아니고 비싼 돈을 주고 무기를 구입하고 싶은 생각이 들지 않는다.

그래서 활은 검은숲에서 들고 나왔던 것을 그대로 쓰고 마체테만 구입을 했다. 화살통은 그냥 적당한 크기의 나무를 잘라 만들어 버릴 생각이다.

'그래도 비싸.'

다른 도시였다면 같은 가격으로 좋은 활에 화살통, 그리고 화살들 까지도 구입할 돈이다. 펜릴은 마체테를 두 자루를 동시에 다루기 때문에 더 비싼 돈이 들어갔다.

굳이 한 자루만 쓴다면 못 쓸것도 없지만 어딘지 모르게 불편한감이 없잖아 있었다.

펜릴은 왼손을 오른손처럼 잘 사용한다.

처음부터 그랬던 건 아니지만 펜릴을 키운 영감은, 왼손이나 왼쪽발의 중요성을 항상 설명했었다. 왼손으로 밥을 먹는 것을 시작해 밑간을 닦는 것 까지 모두 왼손만 사용했었다. 지금에 와서는 글씨도 왼손으로 쓸 수 있고 활도 쏜다.

'일단 제국으로 다시 가자. 활이 만족스럽진 않지만, 적어도 여기보다는 싸게 좋은 걸구할 수 있을 거야.'

펜릴은 혼자 여행을 떠날 수 있게 배낭도 큰 걸 준비하고 그곳에 음식이나 담요등을 챙겼다 옷도 몇 별 구입했다.

펜릴이 칼루스에서 벗어나자 뒤에 사람들이 따라 붙기 시작했다. 단순히 같은 길을 가는 사람들이라고 하기에는 펜릴과 움직이는 속도가 동일하다.

뒤를 돌아보면 보이지 않지만, 일정 간격을 두고 시야에서 벗어난 채 펜릴을 향해 다가온다.

'어제 그놈들인가?'

어제 칼루스에서 펜릴에게 죽은 링커들이 다수 있다. 그들과 친분이 있거나 혹은 살아남아 펜릴에게 복수를 하려는 자들일 거다.

'어쭈? 하나, 둘, 셋……'

숫자가 제법이다.

링커들 인 것 같은데 숫자가 무려 스물이 넘는다.

저들이 펜릴이 쉬거나 잘 때 거리를 좁혀와 덤빈다면 펜릴은 꼼짝 없이 당할 수밖에 없다.

가방을 질끈 맸다.

심장의 홀에서는 끊임없는 에너지가 어차피 솟구친다.

펜릴이 피식 웃었다.

"어디까지 따라붙나 한 번 볼까."

마나를 대신한 이 망령의 에너지가 과연 얼마나 사용할 수 있을 지 궁금하던 터다.

펜릴은 곧바로 앞으로 뛰기 시작했다.

펜릴은 심장의 홀에 생성된 망령의 에너지를 적극적으로 이용했다. 정말 끝이 모를 정도로 솟구치는 그 에너지 때문에 펜릴은 마음을 놓고 달렸다. 그러면서도 틈틈이 뒤를 바라보곤 했다.

'따라온단 말이지?'

상관없다. 펜릴은 더 빨리 달리면 그만이다.

아직 곤조의 발목은 각성도 시키지 않았다. 마음만 먹는다면 이것 보다 배는 빠르게 움직일 수 있다. 이마에는 땀 한 방울 맺히지 않는다.

체력을 소모하는 게 아니다. 그냥 에너지를 이용하여 몸을 움직이는 것뿐이다.

펜릴은 몇 시간을 내리 달리다가 잠시 다리를 풀어줄 겸 속도를 줄였다. 여전히 심장의 홀에서는 펜릴에게 계속해서 에너지를 공급하고 있고, 조금만 쉬면 곧바로 에너지가 다시 차기 시작했다.

심장에 위치한 망령은 주변의 마나를 모조리 자신의 에너지로 빨아들이고 있었다.

펜릴은 굳이 마나연공법을 할 필요가 없어졌기 때문에 편해졌다. 그 동안은 항상 지정된 경로로 움직여야 하기 때문에 시간도 소모 되고 신경도 많이 쓰였다. 그런데 알

아서 주변의 마나를 심장의 홀에 걸맞게 바꿔주니 이것만
큼 편한 것도 없다.

'다시 달려볼까.'

◆

"헉, 헉! 헉!"

펜릴의 뒤를 따르는 링커들은 숫자가 절반으로 줄었다.

처음에 출발할 때만 해도 링커들은 스무 명이었다. 그런
데 지금 남은 링커들은 열 명이다. 1차 각성만 한 링커들은
애초에 다리에 각인을 하지 못했다면 펜릴을 추적할 엄두
도 내지 못했다. 지금 펜릴을 추적하고 있는 자들은 2차
각성 링커들이거나 추적을 전문적으로 하기 위해 다리에
각인을 한 1차 각성 링커들이다. 다리에 각인이 되지 않았
더라면 펜릴을 쫓을 수 없었을 거다.

그런데 시간이 가면 갈수록 놀라운 것은 점점 거리가 벌
어진 다는 거다.

'지치지도 않는단 말인가?'

네로의 돈을 받고 움직인 그들은 처음에만 해도 어렵지
않게 펜릴을 제압할 수 있을 거라 생각했다.

링커의 숫자만 스무 명이다.

아무리 날고 기는 링커라고 해도 충분히 잡을 수 있다.

게다가 상대방은 어리다고 하지 않던가.

가장 무서운 링커가 바로 누군가.

잠식을 당하기 바로 일보 직전.

신경이 극에 달해 버린 늙은 링커들이다.

어리다는 것은 그만큼 링커로 있었던 기간이 그리 길지 않다는 얘기다.

스무명까지 나설 일도 아니었다. 두 세명 정도면 어린 링커 하나 손봐주는 건 일도 아니다. 손을 봐주려면 일단 만나야 한다. 그런데 도저히 상대방의 꽁무니만 쫓고 있는 꼴이 지속되고 있다. 거리를 줄였다고 생각하면 놈이 쉬었다 간 흔적이다. 다시 출발하고 보면 놈과의 격차는 점점 벌어진다. 놈은 분명히 쉬고 뛰고, 쉬고 뛰고를 반복하는데 거리가 줄지를 않는다.

오히려 그를 추적하는 링커들은 물 한 모금도 제대로 마시지 못했다.

"무, 무슨 랩터의 다리도 아니고……."

최상급 마수 랩터.

누구나 탐내는 최고의 다리다.

속도도 속도지만, 순간 가속력이 엄청나다. 가속과 쉬는 것을 반복한다면 이런 결과가 나오는 것도 이상하지 않다.

물론, 그들은 펜릴이 아직 각성을 하지도 않은 상태라는 것을 알게 된다면 분명 까무러칠 게 분명했다.

펜릴을 추적하는 링커들의 대장은 놀튼이다.

놀튼은 2차 각성까지 끝낸 링커고, 링커가 되기 전부터 추적과 관련된 일을 꾸준히 해왔다. 그도 이런 황당한 경험을 겪은 적은 없었다.

상대방이 랩터의 다리를 보유했다면 굳이 피할 이유가 없다.

링커들 중에 랩터의 다리를 보유한 자들은 손가락 안에 드는 최상위 실력자들이다. 그런 자들이 뭣 하러 애송이들을 피하고 다니겠는가.

죽이면 죽였지 피할 이유가 없다.

"음."

놀튼은 고민이 되었다.

일을 하겠다고 맡았는데, 이제 와서 못하겠다고 하면 위약금을 두 배나 물어야 한다. 적은 돈도 아니고 귀족에게 받은 돈이니 만큼 제법 큰돈이다.

본전을 생각한다면 어떻게든 놈을 무릎 꿇려서 귀족에게 끌고 가야 한다.

"지금부터 돌아갈 녀석들은 돌아가도 좋다. 적어도 지금 보다 속도를 더 올릴 수 있는 놈들만 남아서 더 추적한다."

놀튼의 말에 다섯명이 그대로 돌아갔다.

남은 다섯명은 이차각성까지 끝낸 것은 물론, 다리에 각인 된 마수도 상급이다.

정말 칼루스내에서도 손꼽히는 강자들이었다.

그들은 점점 속도를 높이며 펜릴을 향한 집요한 추적을 재개했다.

◆

'어제 그 녀석들이 아닌가?'

펜릴은 어제 칼루스 시내를 떠들썩하게 만들었다.

갑자기 곤조의 발목을 달고 시내를 돌아 다녔으니 그것을 탐낸 자들이 워낙 많았기 때문이다. 지금 그를 쫓는 자들도 어제 그런 자들과 같은 유형이라 생각했다.

그런데 지금 쫓아오는 속도를 봤을 때는 절대 곤조의 발목 따위를 탐낼 만한 녀석들이 아니다.

곤조의 발목을 탐내는 이유는 가지고 있는 사람이나, 혹은 가지고 싶은 사람이나 죄다 '약자'이기 때문이다. 하급 마수는 처음 링크를 하는 사람도 충분히 가능하다. 혹은 2차 각성의 길이 열렸을 때 제일 먼저 곤조의 발목을 달며 몸의 부담감을 줄이는 것도 아주 좋다.

곤조의 발목은 그 발목의 힘만으로도 최고의 효율을 뽑아낼 수 있기 때문에 각광을 받는 거지 그 이상 중급, 더 나아가 상급 마수의 다리보다 좋다고 말하는 건 아니다.

엄청난 속도로 펜릴을 쫓아오는 녀석들은 굳이 곤조의 발목이 필요 없다. 그것과 상관없이 펜릴에게 '볼 일'이 있기 때문에 쫓아오는 것뿐이다.

물론, 그 '볼 일'이 간단히 차나 한 잔 마시자고 이렇게 맹렬히 쫓아오지는 않는다는 거다.

'따라오는 자들은 다섯인가.'

심장 홀에 생성된 망령의 에너지는 이미 실험해볼 만큼 실험해 봤다.

현재로써는 곤조의 발목을 각성시키지 않는다면 지금 쫓아오는 자들에게 결국 잡힐 수밖에 없는 처지다. 펜릴을 주위를 둘러보다가 나무가 우거진 숲으로 들어갔다.

'어떤 녀석들인지 좀 알아볼까.'

그리고 적당한 나무를 골라 위로 빠르게 올라갔다.

펜릴은 휴식도 취할 겸 잠시 눈을 붙였다.

그 자리에 링커들이 나타난 것은 그로부터 2시간 뒤였다.

몸을 보면 먼지를 흠뻑 뒤집어썼고 호흡이 정리되지 않은 것이 정말이지 죽기 살기로 쫓아왔다는 걸 알 수 있었다.

그들은 조금 당황했다.

당연하다.

분명히 거리가 좁혀진다고 생각했는데, 상대방은 한가

롭게 바위에 앉아 햇볕을 쬐고 있었다.

'링커가?'

하루를 이틀처럼 사용하는 링커들이 아닌가.

그건 습관이다.

그런데 어딘지 모르게 상대방은 굉장히 여유로워보였다.

입가에는 침자국이 묻은 걸 보면 낮잠까지 잔 모양이다.

"우릴 기다렸군."

놀튼의 말에 펜릴이 고개를 끄덕였다.

"대체 어떤 녀석들이 날 쫓아오는 지 궁금하니까."

"비밀이라고 할 것도 없으니 목적만 얘기하지. 순순히 우리를 따라와라. 죽이지는 않겠다."

펜릴은 놀튼의 말을 듣고 피식 웃었다.

'생각대로……'

이들은 펜릴이 곤조의 발목을 들고 있든 말든 관심도 없다.

"싫다면?"

"무력으로 데려가야지."

2차 각성한 링커만 다섯이다.

이들이 두렵지 않다면 그건 거짓말이다.

그런데, 펜릴의 표정은 아직까지도 그다지 변화가 없다.

'이건……'

자신감이다.

강자들을 보고도 미소가 지워지지 않는다는 건 그만큼 자신이 강하다는 자신감을 가지고 있다는 거다.

혹은, 미친놈이거나.

펜릴은 기다릴 것도 없이 맨티스의 손톱과 곤조의 발목을 각성시켰다.

"하!"

놀튼은 절로 웃음이 나왔다.

"미친놈이로군."

곧바로 놀튼을 필두로 다섯명의 링커들이 모두 각성을 했다.

상급 마수의 다리와 상급 마수의 팔.

최상급과는 거리가 조금 멀지만, 분명한건 엄청난 강자라는 것.

둘다 하급 마수를 달고 있는 펜릴과는 그 괴리감이 다르다.

게다가 펜릴은 팔 전체나 다리 전체에 각성을 한 것도 아니다. 팔의 어느 부위, 발의 어느 부위.

곤조의 발목이 아무리 뛰어나다고 해도, 블랙 맨티스의 손톱이 아무리 절삭력이 좋다고 해도 결국 팔 전체를 각성시킨 링커들 보다는 분명히 약하다는 거다.

링커들의 법칙은 딱 하나다.

하이 리스크 하이 리턴.

위험 부담이 크면 클수록 더욱 강한 힘이 돌아온다.

이건 그 누구도 부정할 수 없는 사실이다.

펜릴은 놀튼을 바라보더니 입을 열었다.

"나를 데리고 오라던 자가 혹시 네로 자작인가?"

"······."

놀튼은 딱히 말은 하지 않았다.

하지만, 펜릴은 놀튼의 표정만 보고는 확신했다.

'그랬군.'

떠나기 전 켈리의 말이 머릿속에 남는다.

괜히 펜릴이 주절주절 황제 앞에서 떠드는 것이 두려웠던 거다. 검은숲에서 자신이 했던 행동들이 분명히 비판받아 마땅하다는 걸 알고 있다는 얘기다.

'그럼 그렇지.'

검은숲에서 살아 돌아오고선 조금 얌전했던 것도 사실이다.

여전히 짜증나는 녀석이기는 해도 조금은 변하지 않았을 까란 생각도 했다. 그런데, 사람이란 족속들은 참 변하지가 않는다.

스아아아!

심장속에 머무른 망령이 나오겠다고 말한다.

'넌 됐어.'

킥킥킥!

케케케!

그러자 맨티스가 웃기 시작한다. 그걸 따라 곤조도 웃는다.

언제부터인가 마수들끼리 서로 대화를 하기 시작했다.

서로 대화가 통할까 싶지만, 이들은 펜릴이라는 강력한 매체가 존재한다.

펜릴의 머리를 공유하며 대화를 해가는 것 같았다.

정작 펜릴만 이들의 대화를 이해하지 못한다.

"먼저 가지."

펜릴은 멀찍이 가방을 내려놨다.

활과 화살통도 던져 놨다.

"뭣……."

놀튼이 깜짝 놀랐다.

도망갈 줄 알았던 펜릴이 달려든다.

하긴, 도망갈 놈이었으면 이곳에서 한가하게 햇볕이나 쬐며 낮잠이나 즐겼을 리는 없다.

순식간에 거리를 좁혀오는 건 곤조의 발목이 맞다.

링커들은 순식간에 그 자리에서 퍼졌다.

그리고 각자의 자리에서 펜릴을 압박했다.

압박?

그런데 그런 건 통하지 않는다. 펜릴의 속도가 워낙 빠르기 때문이다. 이미 심장의 홀에서 생성된 에너지는 펜릴에게 아낌없이 공급되었다.

링커들이 마나연공법을 배우는 이유는 수명이 절반이나 날아가는 리스크를 최대한 감소하기 위함이오, 또 기사의 장점을 가져오기 위함이다.

현재 펜릴의 모습은 분명히 링커와 기사의 장점을 가져온 것과 같다.

마나연공법을 잃었지만 심장에 생성된 홀에서는 펜릴에게 마나와 같은 아니, 그 이상의 능력치를 주고 있었다.

에너지를 받은 손톱은 그 절삭력이 증가했다.

귀찮은 손톱을 잡고 그냥 부러뜨리려고 했던 링커들의 팔 다리가 허공에 나뒹굴었다.

"이, 이건 뭐야!"

놀튼이 깜짝 놀랐다.

손등이다. 손등에 각인을 했는데, 그 힘이 팔 전체에 한 각인 보다도 더욱 강력하다. 하급이 상급을 잡아먹는다. 이런 일이 있을 수 있나?

발목은 어떤가?

분명히 곤조의 발목인데 지금까지 알던 곤조의 발목과는 차원이 다르다.

단순히 곤조의 발목은 그 발목힘으로 쉽게 전장에서 이탈하고 벗어날 수 있다는 장점을 가지고 있다. 그만큼 전투에서도 수월하게 유리한 부분을 가져올 수 있는 거다.

그런데 펜릴이 사용하는 곤조의 발목은 빨라도 너무 빠르다.

언제부터 곤조의 장점이 스피드로 변모했던가.

막아도 소용없다.

그저 뭐든지 베어버리기 일수다.

공격을 해도 소용없다.

피하면 그만이다.

이런 무지막지한 힘은 경험해본 기억이 없었다. 칼루스에서도 이런 사내는 본적이 없다.

펜릴은 링커들을 모조리 죽였다.

웃음이 나온다.

리스크가 클수록 강한 힘으로 되돌아온다는 건 누구보다도 펜릴이 잘 알고 있다.

하이리스크 하이리턴.

펜릴은 3차 각성 링커다.

몬스터 링크
monster link

약초 캐는 노인

NEO FANTASY STORY

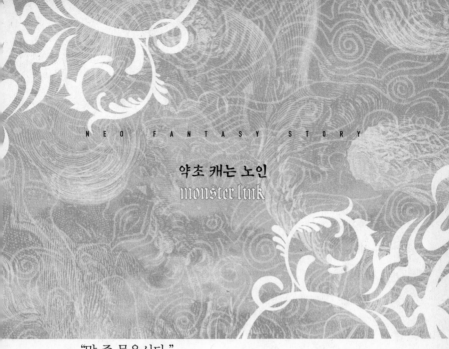

약초 캐는 노인
monster link

"말 좀 물읍시다."

귀족(貴族).

제국에는 수많은 귀족들이 존재하고, 다양한 작위들이
존재한다.

남작부터 공작까지.

계급사회를 잘 모르는 자들은 높으면 높을수록 좋은 게
아니냐? 라고 물어볼 수 있지만 이 나라에서 후작들은 별
다른 힘을 가지고 있지 않다.

후작위는 사실 굉장한 작위다.

제국에는 단 두 명밖에 존재하지 않는 공작의 바로 아랫
단 계로써, 굉장한 힘을 사용할 수 있을 것 같다.

하지만 귀족사회는 결코 그렇지 않다.

귀족의 힘은 자신이 가지고 있는 군사력이나 돈, 혹은 영지의 땅과는 전혀 관계가 없다. 눈으로 보이는 그런 것들은 종이 한 장, 사인 한 번에 있다가도 없어지기도 한다.

그렇다면 무엇으로 결정이 되느냐?

그것은 바로 황제다!

황제와 얼마나 가까이에 위치하고 있느냐이다.

제국의 권력은 황제로부터 뿜어져 나온다.

후작들의 주 임무는 '방어'이다. 제국은 타국과의 국경이 굉장히 넓게 맞대고 있다. 그 국경을 지키는 역할을 바로 후작들이 하게 된다. 제도로부터 멀어지기 때문에 그들의 권력은 의미가 없다.

그렇다면 누가 귀족들 중 가장 강한 힘을 가지느냐?

물론, 공작들이라고 할 수 있지만 실세는 사실 백작들이다.

나라를 모두 관리하기에는 공작의 숫자는 적고, 후작은 국경을 지키니 그 바로 아래, 백작들이 귀족들을 관리하며 가장 막강한 힘을 내뿜는다.

그래서 강한 권력을 지니고 있는 백작들은 죄다 제도 근처에 영지가 존재한다. 영지의 크기나 인구, 군사력은 그렇게 중요한 일이 아니다.

제도 근처이니 만큼, 타국으로부터 위협을 받을 일이 전혀 없고 병사를 키울 필요가 없으니 돈을 쓸 곳이 없다. 게다가 제도가 가깝다보니 돈이 벌리는 것도 참으로 어렵지 않다.

위성도시에서 가장 중요한 건 제도의 사업을 이곳까지 뻗쳐서 확장시키는 것이고 제도로 밀집되는 인구를 분포시키며 교통편과 문화시설을 발전시키는 거다.

이 도시는 크기는 작지만 엄연히 백작이 다스린다.

그 백작의 이름은 데이비드.

도시의 이름은 백작의 성인 그라드다.

펜릴이 그라드에 도착한 것은 방금 전이다.

남들은 한 달 하고도 반 이나 걸릴 거리를 무려 보름 만에 주파한 펜릴은 거리 음식을 파는 곳으로 가 꼬치를 마음껏 골라 먹었다. 식욕을 돋우는 냄새 때문에 발길이 저절로 그곳을 향했다.

"마음껏 물어보슈."

손님이 말 좀 묻는다고 축객령을 내릴 주인은 없다.

펜릴이 입을 떼려는 데 갑자기 누군가 옆으로 불쑥 나타났다.

"아저씨, 이거랑 이거랑……."

15세쯤 됐을까?

굉장히 차갑게 보이는 외모에 애교가 뚝뚝 묻어나는 목소리다.

주인은 그 소녀가 말하는 데로 꼬치를 집었다.

monster link

"빼고 다 주세요."

"이, 이걸 다?"

"네. 한 동안 내려올 일 없을 거예요. 한 번 사는 김에 다 사려고요."

"아, 알았다."

펜릴은 그 소녀를 유심히 쳐다보았다.

'링커인가?'

겉으로는 문신이 딱히 보이지는 않는다. 아니면 잘 가리고 있다거나.

그렇게 의심하는 이유는 심장의 홀에 잠들어있는 망령 때문이다. 이 망령이라는 녀석은 사람의 영혼을 읽을 줄 아는 것 같다. 망령과 대화가 통하는 건 아니지만, 마치 강아지 다루는 주인마냥 낑낑거리는 모습만 봐도 뭐가 문제인 지 알 것 같다.

소녀의 영혼이 뭔가 문제가 있어 보인다는 거다.

망령은 링커들처럼 영혼에 문제가 있는 자들만 보면 꼭 이상한 소리를 내곤 한다.

'뭐, 내가 상관할 바는 아니지.'

링커들은 늘어나고 있는 추세다.

뭉쳐 다니지만 않을 뿐이지 대륙 곳곳에는 링커들이 살고 있다. 그들이 다 나쁜 자들은 아니다. 링커는 링커일 뿐.

이런 어린 아이까지 링커라는 게 조금 안타까운 것뿐이다.

'링커가 아닐 수도 있는 거고.'

직접적으로 문신을 본 건 아니다.

그때, 주인이 펜릴을 향해 묻는다.

"뭐 물어본다고 하지 않았수?"

"아, 예. 사람을 찾고 있는 데, 이곳 근처에 클리드라는 노인이 살고 있소?"

"클리드?"

주인이 한 동안 턱을 쓰다듬는다.

"내가 이곳 토박이인데, 음. 클리드라…… 미안하지만 잘 모르겠수다."

펜릴은 머리를 긁적였다.

'멜프레 영감이 잘 못 가르쳐줬나.'

라크나 티라도 분명히 이곳을 들렸다.

잘못 가르쳐준 건 아니다.

펜릴은 질문을 달리했다.

"그러면 뭐, 이 도시에서 굉장히 위험한 곳이라거나……"

"그런 곳이라면 있수."

주인은 손가락으로 동쪽을 가리켰다.

"저쪽으로 몇 시간 걸어가다 보면 큰 산이 하나 보일 거요. 드물게 몬스터나 마수들이 나온다고 우리 영주님께서 영지민들의 출입을 금하셨수. 오죽하면 영주님도 저곳을 갈 때 기사들을 으리으리하게 이끌고 가시겠수.”

펜릴은 돈을 꺼내어 주인에게 건네주었다.

“어이쿠, 이렇게 많이.”

“좋은 얘기 들은 값이라 쳐요.”

돈은 많다.

흥청망청 써도 문제가 없을 만큼 많다.

이곳에 오는 길에 마수들도 여럿 봤고, 또 펜릴을 습격했던 상급 링커들의 부위도 가져다 팔았다. 이래서 찾기 힘든 마수보다, 그 마수를 달고 있는 링커를 죽여 돈을 번다는 사람들이 왜 존재하는 지 알 것도 같다.

펜릴이 가게를 나오려는 데 옆에 있던 소녀가 펜릴의 옷을 잡아끈다.

“아저씨 거기 갈 거예요?”

칼루스에 있을 때 아이들이 펜릴에게 아저씨라고 그랬던 건 이해한다.

다만, 펜릴은 이 소녀와 나이차이가 많이 나지 않는다.

갑자기 기분이 확 나빠진다.

“그런데?”

펜릴의 표정이 굳어진다.

소녀는 아무렇지도 않은 듯 고개를 내젓는다.

“안 가는 게 좋아요. 괜히 영주님이 가지 말라고 하는 게 아녜요.”

"됐어. 내가 뭐, 여기 영지민도 아니고."

영지민이 아니니 영주의 명령을 들을 필요가 없다.

"마음대로 해요. 저는 분명히 경고 했어요."

소녀는 손을 놓고는 꼬치를 먹기 시작한다.

'빌어먹을, 이상한 년이로군.'

펜릴은 인상을 잔뜩 찡그리고 가게를 나왔다.

척! 척! 척! 척!

마침 바깥에는 오와 열을 맞춘 기사들 무리가 지나간다. 그 앞에는 갑옷을 입은 중년의 남자가 어딘지 모를 위험한 냄새를 풍긴다.

네로나 카를로스 보다는 오르도에 가까운 냄새다.

'귀족이로군.'

그가 지나갈 때 마다 영지민들이 누워서 절을 하기 시작한다.

이 영지의 주인인 데이비드 백작이 분명하다.

펜릴은 허리만 숙여서 인사를 했다.

영지민이 아닌 자들은 귀족을 보고 절을 할 필요까지는 없다.

펜릴은 어디까지나 외부인.

데이비드 백작은 지나가면서 펜릴을 힐끔 쳐다보더니 아무렇지 않게 영지민들이 열어준 길을 걸어 나간다. 권위적이면서도 위엄이 있는 모습이다.

'확실히…….'

제국에 남작, 자작은 널리고 널렸지만 백작은 생각보다 보기가 어렵다.

백작부터는 귀족들 중에서도 고위 귀족, 그러면서도 황제와 가까운 거리에 있는 자들은 강한 권력을 쥐고 있기 때문이다.

네로나 카를로스, 오르도 보다도 더욱 느낌이 다르다.

펜릴은 그들이 멀어지자 움직이기 시작했다.

◆

해가 지고 밤이 찾아왔다.

펜릴은 그제야 산을 타기 시작했다.

자기 영역에 들어오면 모조리 죽여 버린다는 멜프레 영감의 경고도 있었고, 낮에 꼬치가게에서 만났던 소녀의 말도 굉장히 신경 쓰였기 때문이다. 아무래도 낮에 찾아간다는 건 위험을 자초하는 거다.

펜릴은 활도 화살도, 마체테도 모조리 놓고 왔다.

화살통에 있는 화살들이 움직일 때 마다 소리가 나고 마체테가 움직일 때 거슬리기 때문이다. 복장도 활동하기 좋은 옷들을 위주로 왔다.

펜릴은 사냥꾼이다.

움직인 흔적을 남기지 않는다. 그리고 조심스럽게 점점 산 안으로 들어갔다.

'이게 지금 뭐하는 꼴인지.'

행색만 보면 도둑놈이 따로 없다.

게다가 이렇게 올라가면 해가 다시 떠올라도 펜릴은 원하는 바를 이룰 수 없을 것 같다.

생사도 모르는 노인네 때문에 이러고 있는 게 우습다.

'빌어먹을, 빌어먹을.'

펜릴은 속으로 욕을 퍼부었다.

얼굴도 모르지만, 일단 욕부터 했다.

저녁에 딱히 챙겨 먹은 게 없어서 그런지 배에서 소리가 났다. 펜릴은 품에서 주섬주섬 육포를 몇 개 꺼내 입에 가져가 조용히 삼켰다. 물은 한 모금만 먹었다. 소리가 날 까봐 수통도 가죽으로 된 것으로 구했다. 물 안에서 진한 가죽냄새가 나기 시작한다.

펜릴은 마치 마수를 쫓는 것 마냥 아주 조심스럽게 움직였다.

귀찮고 지루한 시간의 연속.

하지만, 펜릴은 결코 겉으로 드러내는 법이 없다.

이 시간을 견뎌야만 달콤한 과일을 따낼 수 있다는 걸 모르지 않기 때문이다.

그 클리드라는 노인네가 이곳에 있는 지도 없는 지도 살아 있는 지도 죽어있는 지도 모르는 상황에서 할 수 있는 건 오로지 이것뿐이었다.

점점 날이 밝아 오기 시작했다.

그 가운데 펜릴은 마수나 몬스터를 마주치거나 그림자도 본 적이 없다. 여긴 애초부터 그들의 영역이 아니다. 우연히 이곳에 자리를 잡은 몬스터가 있을 수는 있다. 그런데 지금은 결코 그런 모습이 없다.

몬스터가 다닌 흔적도 대부분 굉장히 오랜 시간이 지난 것들뿐이다.

몬스터가 나무에 낸 상처에 이미 송진이 생겨, 그 상처를 틀어막아 버렸다.

이건 데이비드 백작이 이유가 있기 때문에 이 산을 통제하고 있다는 느낌밖에는 들지 않는다. 물론, 그 이유에는 정말 이 산에 클리드라는 노인네가 살기 때문일 거라는 확신이 든다.

'저기인가……'

펜릴은 멀리서 통나무 집 하나를 발견했다.

어찌된 일인지 죄다 링커들은 사람들이 사는 곳과는 멀리서 통나무집을 만들고 사는 게 유행인 듯하다.

끼익.

그때, 통나무집에서 사람 한 명이 바깥으로 나온다.

'저 녀석은……'

꼬치가게에서 만났던 소녀다.

왜 저 소녀가 통나무집에서 나오는 건지는 알 수 없다.

'그 클리드라는 노인네와 관계가 있는 건가?'

그녀뿐만이 아니다. 통나무집 근처에는 여러 명의 사람들이 보인다.

데이비드 백작과 그의 휘하 기사들도 보였다.

그녀는 집으로 백작을 안내 하더니 같이 안으로 들어갔다.

휘하 기사들은 바깥에서 한 치의 흐트러진 모습을 보이지 않고 기다렸다.

잠시 후, 백작과 소녀가 다시 밖으로 나왔다. 백작은 소녀와 몇 마디 나눈 후에 자신의 기사들과 함께 사라졌다.

'대체 무슨 관계지?'

펜릴의 머릿속이 어지럽혀 진다.

이 퍼즐을 맞추기에는 아직까지 알아낸 것들이 전혀 없다.

'일단 부딪혀 보자.'

펜릴은 움츠려있던 몸을 펴고 통나무집을 향했다.

그때 등 뒤에서 날카로운 목소리 하나가 들렸다.

"쥐새끼 한 마리가 날아들었군."

펜릴의 고개가 저절로 뒤로 돌아갔다.

정말 평범해 보이는 노인이다.

백발에 작은 키.

등에는 약초를 담을 수 있는 망을 하나 매고 있다.

약초를 캐러 다니는 자들과 크게 다르지 않은 모습이다.

하지만 기세가 다르다. 지금까지 펜릴이 만난 어떤 사람들과도 차원이 다르다. 노인의 몸 곳곳에서 각인의 문신이 보인다. 자신의 문신을 보이는 것에 대해서 어떠한 두려움도 없는 거다.

언뜻 보이는 문신만 해도 두 개다.

하지만, 2차 각성 링커로 보이지는 않는다. 보이지 않는 한 곳에 옷으로 감춰진 곳이 존재할 거다. 죽어도 2차 각성 링커는 이런 분위기를 만들어낼 수 없다.

펜릴이 몸을 벌벌 떨었다.

분위기만으로 펜릴을 이렇게 떨게 만드는 사람은 검은 숲에서 만났던 주술사 이후로 처음이다.

'나오지 마라.'

망령이 곧바로 튀어나와 펜릴을 지킬 생각인 것 같다.

펜릴은 가슴을 일단 진정시켰다.

호흡을 가다듬고 주변을 조금씩 통제해 나갔다.

'나도 강하다. 기세에 죽을 필요는 없다.'

노인이 피식 웃음을 짓는다.

"꺼져라. 내 딸이 보고 있으니 이번만큼은 살려주겠다."

통나무집에서 나왔던 소녀가 이곳을 쳐다보고 있다.

"두 번 말하지 않겠다. 더 이상 얼쩡거린다면 네놈의 머리통을 두 동강 내주지."

"내일 다시 찾아오겠습니다."

"머리가 두 개라면 얼마든지."

노인의 다리는 어느새 변했다.

'저건…….'

라크가 가지고 있었던 랩터의 다리와 다르지 않다.

이건 일종의 무력시위다.

링커들이라면 누구나 이 노인의 다리를 보고 겁에 질려 벌벌 떨었을 거다. 펜릴도 이미 분위기에 당했다. 그의 장악력에 몸을 움직일 수가 없었던 거다. 이러다 정말 오줌이라도 지릴 판이었다.

펜릴은 아쉬움을 남기고 일단 후퇴했다.

'내일 다시 오자.'

◆

"영주가 뭐라더냐?"

클리드는 집으로 들어온 후, 식탁에 앉아 기다리는 딸 에이미를 바라보았다.

"저번 그 부탁이랑 똑같아요."

"흥. 괘씸한 녀석들 같으니. 혼자 해결하지 못하니 거들

먹거리는 것뿐이다."

클리드는 식탁 위에 등 뒤에 매달아 놓았던 망을 올려놨다.

"조금만 기다려라."

그 망에서 온갖 약초들을 손으로 집어서는 바깥으로 가지고 나갔다. 잠시 후 독한 냄새와 함께 걸쭉한 액체를 들고 온 클리드는 에이미에게 내밀었다. 에이미는 순순히 받아들더니 끝까지 받아 넘겼다.

클리드의 표정이 다소 굳었다.

약초라는 건 사실 굉장히 쓴 거다. 그리고 잘못 쓰면 독이 되기도 한다. 그래서 물과의 혼합 비율이 정말 중요하다. 에이미는 태어날 때부터 20세를 넘기지 못할 거라는 얘기를 많이 했다.

에이미의 나이는 20세.

겉으로 봐서는 15세 소녀로 밖에 보이지 않지만, 클리드는 강제로 성장을 늦추는 약초를 매일 같이 먹여왔다. 그 약초의 이름은 '앙코나의 젊음' 라는 독특한 이름을 가졌다.

앙코나라는 약초꾼이 발견한 초로, 그 약초만 먹고 젊음이 남들보다 10년 이상이 유지됐다고 하여 알려진 약초다. 처음에만 해도 그 앙코나는 굉장히 비싼 가격에 거래되곤 했는데 현재에 이르러서는 아무도 찾는 사람이 없다.

약초이면서도 독초이기 때문이다.

젊음은 유지하지만 몸에 서서히 독이 퍼진다. 오히려 그 독 때문에 수명이 일찍 사라진다는 얘기도 있다.

클리드가 에이미에게 앙코나를 먹이는 건 어쩔 수 없는 일이기 때문이다. 매일 같이 딸에게 독초를 먹이는 게 아버지로써는 굉장히 괴로운 일이다.

딸이 병이 없었다면 클리드가 링커들을 찾아가, 링커가 되고 싶다는 얘기를 했을 리가 없다.

클리드는 링커로써 엄청난 재능을 타고 났다.

무려 3차 각성까지 할 만한 재능을 가졌으니.

그는 곧바로 링커들 사이에서 유명세를 탔다.

하지만 클리드는 독수공방하고 오로지 딸의 병을 고치기 위해 불사의 초에 대한 연구를 계속했다. 그거에 대한 자료들 까지도 모두 찾아볼 정도였다.

일게 약초꾼이었다.

그런 사람이 단숨에 링커들 사이에서 유명세를 타고 불사의 초를 연구하는 사람이 된 거다.

"몸은 어떠냐?"

클리드의 말에 에이미가 피식 웃었다.

"견딜 만해요."

이미 그녀의 몸에는 앙코나의 독으로 가득 찼을 거다.

그렇지 않다면 기녀들이 바르는 독한 분으로 얼굴을 가렸을 리가 없다.

그런데도 아무런 내색도 하지 않는다.

클리드는 링커다.

감각이 발달했고, 잠도 잘 오지 않는다. 밤이면 자기 방에 틀어 박혀서 연구만 한다. 에이미가 매일 같이 끙끙 앓는 소리를 듣는 아버지 입장으로써는 굉장히 괴롭다.

앙코나의 양은 정말 적다. 손톱만큼도 넣지 않는다. 하지만, 정말 독성이 강하다. 물의 비율을 높이고 그것을 상쇄시킬 수 있는 다른 약초를 넣어도 앙코나는 모든 해독제를 잡아먹는다.

클리드가 이 산에 자리를 잡은 것도 이 근처에서 앙코나가 나는 지역은 오로지 이곳뿐이기 때문이다. 다른 사람들의 출입을 금지시킨 건 이 앙코나를 비롯해 여러 약초들을 무분별하게 채취할 것 같았기 때문이다.

"영주의 부탁은 들어주지 않을 생각이에요?"

데이비드 백작은 최근 영지 근처에 자리를 잡은 최상급 마수때문에 골치가 아플 지경이다. 기사들을 여럿 투입시켜봤지만 모두들 살아 돌아오지 못했다.

황실에 이미 몇 번인가 요청하긴 했지만, 최상급 마수를 잡을 방법에 대해서는 그들도 난색한 모양이다. 아무리 권력이 강한 백작이라고 하더라도 최상급 마수에는 정말 어찌할 방법이 없었다.

그 때문에 기사들을 이끌고 마지막으로 기댄 곳이 바로

클리드다.

데이비드 백작은 클리드가 이곳에 자리를 잡을 수 있게 도와줬다.

이 산도 결국엔 백작의 땅이다. 하지만, 백작은 클리드를 전혀 건드리지 않았다. 무려 3차 각성이나 한 링커를 건드릴 자는 없는 게 당연하다.

데이비드 백작은 이 땅을 온전히 넘겨줄 터이니 그 최상급 마수를 잡아달라고 부탁을 해왔다.

부탁이라기보다는 하나의 거래다.

링커의 수명은 짧다. 특히 클리드는 이제 수명이 얼마 남지 않았다.

그가 죽고 나면 어차피 땅을 회수하는 거야 쉽다.

그런데 땅을 온전히 클리드에게 넘겨주겠다는 건 그만큼 최상급 마수 때문에 골치가 아프다는 얘기다.

그건 당연한 얘기다.

최상급 마수들이 존재함으로써 활발했던 교통이 마비되고 사람들이 찾아오는 것이 줄어든다. 돈을 소비하지 않으니 경제가 죽어 버린다.

앙코나가 나는 산은 매우 값비싸지만, 영지의 경제 성장보다 중요한 것은 아니다.

"관심 없다."

클리드는 귀찮은 기색이다.

최상급 마수는 정말 강하다. 못이길 것도 없지만 정말 목숨을 걸어야 한다.

최상급 마수들도, 다 같은 최상급 마수가 아니다.

이른바 '랩터' 최상급으로 분류한 이유는 강하기도 강하지만 그 다리 힘 때문이다. 사실 무력으로만 본다면 그렇게 뛰어나다고 볼 수는 없다.

정말 강한 최상급 마수들은 다르다.

그가 3차 각성까지 했다고 해도 실수 한 번이면 죽는다.

그가 죽으면 에이미도 돌봐줄 사람이 아무도 없다.

이 산을 다시 빼앗으려 든다면 클리드는 죄다 남들을 죽일 작정이다.

그럴 수 있다.

못할 것도 없다.

"그 최상급 마수가 라트라예요."

클리드의 눈빛이 변했다.

"그걸 네가 어떻게 알았느냐?"

"그 얘기를 하면 아버지가 분명히 관심이 있을 거라고 했으니까요."

라트라.

최상급 중에서도 최상급.

온 몸이 뱀처럼 이루어져있지만, 얼굴만큼은 사람과 매우 유사하다.

팔도 다리도 없지만 무려 동체가 20미터가 넘는다.

사람들 사이에서는 '작은 드래곤' '날개 없는 드래곤'
라고 까지 부른다.

라트라는 정말 만나기 힘들다. 마수 사냥꾼들도 라트라
들은 만났다 하더라도 피한다. 마수들 중에서는 정말 손꼽
힐 정도로 강하기 때문이다.

하지만, 라트라는 정말 값비싼 마수다.

비늘도 비늘이지만 라트라의 심장.

이건 생명의 원천으로 불린다.

라트라는 어리면 어릴수록 더 좋다.

대륙 어디에서 갑자기 나타나는 지는 아무도 모른다.

라트라만큼 신비스러운 마수도 없다.

1년, 2년 만에 급성장해 그 위치에 자리를 잡고 포식자
의 피라미드 순서를 바꿔버린다.

이 말이 사실이라면 라트라는 분명히 잡을만한 가치가
있다.

특히나 링커들이라면 눈에 불을 켜고 다닐 거다.

라트라의 심장은 '불사의 초'와 가장 가까운 물건이다.

링커들이 그 심장을 취한다면 수명이 10년 이상은 늘어
난다.

만약, 만약에 일반 사람이 먹는다면?

링커들이 10년이니, 아마 일반인들은 20년 그 이상을

기대해봄직 하다.

게다가 라트라의 심장은 부작용도 없다.

앙코나처럼 매일 같이 먹을 필요도 없다.

"잡는다면 심장은 전혀 건드리지 않을 거라고 했어요. 물론, 이 산도 여전히 아버지의 것이라고 했고요. 위치까지도 정확히 말해준다고 해요."

최고의 제안이다.

밥상까지 차려놨고, 이젠 떠먹기만 하면 된다.

하지만 클리드는 이곳에서 움직일 수 없다.

라트라의 심장을 구한다고 하더라도 이미 앙코나의 독으로 물든 에이미에게 먹일 수는 없다.

약초와 독초.

이런 것들은 정말 상성이라는 관계가 존재한다. 그리고 그게 정말 중요하다.

상쇄시키기도 하지만, 원인모를 부작용을 가져오거나 혹은 더욱 강력한 독으로 변모하기도 한다.

앙코나의 독으로 이미 중독된 상태에서 생명의 원천이라 불리는 라트라의 심장을 먹인다면?

그건 결과를 보지 않아도 뻔히 알 수 있다.

에이미는 죽는다.

독이 활발하게 움직이다가 결국 기대했던 수명은커녕, 1년도 제대로 살지 못할 거다.

하지만, 라트라는 정말 다시 오지 않을 기회일 수도 있다.

라트라가 강력하기는 해도 정말 링커들이 모인다면 사냥을 할 수도 있다. 심장을 고스란히 빼앗긴다면?

있어서 나쁠 건 없다.

하지만 라트라를 하루 이틀 안에 잡을 수 있는 것들이 아니다. 준비 하는 기간에만 해도 수 일이 걸릴 거고 정말 아무것도 제대로 장담할 수 있는 게 없다.

클리드는 여전히 퉁명한 목소리로 대답했다.

"관심 없다고 했다."

에이미는 활짝 웃었다.

"고마워요 아버지. 저도 아버지가 가지 않았으면 좋겠어요."

라트라는 위험하다.

링커들이 수십 명은 달려들어야 할 정도로 강하다.

에이미는 링커들을 아주 잘 알고 있다. 이미 그녀 자체가 링커의 손에서 커왔기 때문이다. 아버지가 자신 때문에 링커가 됐다는 사실도 알고 있다. 항상 그 일이 마음에 걸렸다. 자신 때문에 또 아버지를 위기에 몰고 싶지는 않았다.

그녀는 안심했다.

아버지가 포기했다.

그건 그녀로써 기쁜 일이다.

'라트라도 아버지의 마음을 움직일 수 없어. 그거면 됐어.'

클리드는 에이미를 바라보며 말했다.

"내일은 조금 늦을 거다."

"어디 멀리 가세요?"

"검은숲에 갔다온 원정대에 관련해서 정보를 조금 얻을 것들이 있다. 나도 검은숲에 불사의 초가 있을 거라 생각 했으니까."

"알겠어요."

이미 제국 곳곳에 검은숲에 다녀온 원정대의 얘기가 화제를 모으고 있다.

에이미는 방으로 들어가려다가 클리드를 향해 물었다.

"아까 그 사람은 뭐였어요?"

"뭐, 누구?"

"아버지 앞에 있었던 남자요."

클리드는 곧바로 기억해냈다.

"그 꼬마 말이냐?"

"네."

스무살이 넘은 남자도 꼬마로 취급하는 클리드의 말에 피식 웃어 보이는 에이미.

생각해보면 조금 이상한 놈이다.

보통 다른 사람들 같으면 클리드의 얼굴만 보더라도 바 닥에 엎드려서 바지를 적신다.

그건 하나의 공포다. 공포의 사로 잡혀 절망의 끝을 바라보는 거다.

오히려 죽는 게 더 낫다고 생각할 정도로 끝없는 공포에 잡힌다.

그런데 그 꼬마는 제법 버틴 것을 모자라 공간을 잡아먹으려 들었다.

둘 중에 하나다.

마나연공법을 익힌 기사라거나, 혹은 링커라거나.

그건 링커들이 반응하는 게 아니다. 링커의 안에 있는 마수들이 반응하는 거다.

마수들끼리 치열한 전투를 벌이는 거다.

'그러고보니…….'

할 말이 있다고 했다.

그런데 들어보지도 못하고 돌려 보냈다.

정말 에이미가 지켜보지만 않았다면 죽여 버렸을 거다.

감히, 산을 침범한 것도 모자라 에이미가 있는 오두막까지 찾아오다니.

데이비드 백작은 다르다. 그는 결코 부탁하는 입장에서 에이미나 클리드를 건드릴 수 없다. 클리드가 얼마나 강한 줄도 그는 똑똑히 알고 있다.

이 산에서 그가 죽인 귀족이나 기사들이 얼마나 많은 줄 알고 있을 테니 공포감이 머리끝까지 자리 잡고 있다.

"나도 모르겠다."

"얘기 좀 들어보시지 그랬어요."

"관심 없다."

"괜찮은 사람 같던데."

클리드가 인상을 구겼다.

에이미가 정말 호기심 어린 얼굴로 변했기 때문이다.

"그 놈을 알고 있는 게냐?"

"우연히……."

"우연히?"

클리드는 진심어린 얼굴로 에이미를 바라보았다.

"남자는 믿으면 안 된다."

"아버지도 남자잖아요."

"아버지는 상관없지만, 남자는 안 된다."

"왜요?"

"……."

클리드는 대답을 하지 못했다.

딸을 가진 아버지 입장에서는 남자들이 죄다 범죄자처럼 보이는 건 당연하다.

'내일 그놈을 죽여야겠다.'

<〈3권에서 계속〉